LA STAGIONE

dello stesso autore:
Io sono la bestia

per scoprire tutti i nostri libri, inquadra il QR code

Andrea Donaera

LEI CHE NON TOCCA MAI TERRA

Gli eventi descritti in questo libro sono frutto di immaginazione.
Si sono svolti a Gallipoli, tra il 22 dicembre 2007 e il 20 gennaio 2008.

A Gaia

*Non aveva paura dell'amore in generale. Ne conosceva
il valore e l'utilizzo. Lo aveva visto in azione
in casi in cui null'altro aveva funzionato.*
Flannery O'Connor, *Il cielo è dei violenti*

*Non posso dire se è reale
o se è un sogno
perché quando mi tocca
io vado alla deriva
non ci sono lacrime
né grida
sono avviluppata
in un incubo di mani
e di dita [...]
così sbagliata
così bella
così cattiva*
Jennifer Lynch, *Il diario segreto di Laura Palmer*

LUNEDÌ

✝
✝

«Ti ricordi che quella sera ti avevo parlato dell'uragano? Quello in America, che l'avevano chiamato "uragano Miriam". Che te l'avevo raccontato perché, insomma, mi sembrava una cosa strana, e bella, che avevano chiamato un uragano come te. Comunque, a quanto pare è passato, finito. All'improvviso. A quanto pare finiscono così, gli uragani. A un certo punto il tempo cambia, e niente, basta, l'uragano sparisce. Esce il sole, e tutto il resto. Dev'essere una cosa bella, quando un uragano finisce così, senza che te l'aspetti. E insomma. Magari pure con te, con 'sta cosa che ti è successa, può succedere così. No? Nel senso, che all'improvviso ti svegli, esce il sole, e tutto il resto».

Qui è tutto buio.

«Lo so».

Parlami di me. Dei miei occhi. Come ieri.

«Sono bellissimi. E devastati».

E poi?

«Eh, mica è facile. Cioè, se dovessi spiegare cos'è 'sto mondo, ecco, io mostrerei gli occhi tuoi. Che sono bellissimi, ma devastati, che sono di un azzurro che nessuno lo può

11

immaginare se non lo vede, ma che sono pure un po' rossi in certi punti, come se dietro c'è fisso un dolore».

Nessuno lo può immaginare, se non lo vede.

«No...».

Sono stanca.

«Di cosa?».

Sono stanca di questi occhi. E delle mani che ho, che me le sento fragili come quelle di una statua scheggiata. E di queste labbra, che si screpolano e si spaccano. Mi sento stanca, come se sto correndo in un labirinto. Non riesco a capire da che parte si esce. Corro da così tanto che è come se fossi diventata io stessa, il labirinto.

«Sono stanco anche io. Sono stanco di 'sto letto dove stai. Dei cuscini bianchi, delle lenzuola bianche che profumano troppo, che tua madre le cambia tutti i giorni, ti sollevano tutti i giorni, tua madre, tuo padre, la dottoressa, ti prendono, ti sollevano, tolgono le lenzuola, mettono altre lenzuola».

Mi piacerebbe vivere in un posto dove c'è un uragano che si chiama come me.

«Ci andremo».

Non è possibile.

«Sì, invece. Sarà possibile. Quando ti sveglierai, e farai il respiro più bello del mondo. E allora prenderemo i biglietti,

12

saremo eccitati e confusi, ci prepareremo per mesi, sceglieremo su internet gli itinerari che ti piacciono di più. E quando arriveremo lì sarà tutto diverso da come ce l'eravamo immaginato, e tu mi dirai che va bene così, che è più bello se le cose che succedono sono diverse da come ce le siamo immaginate. E io ti dirò che non me l'ero mai immaginata una persona come te, e che quindi hai ragione, che così è più bello. E tu mi dirai che sono sdolcinato, e io ti chiederò scusa, e tu sorriderai, e non saremo mai stati così lontani da qui, da questo posto e da queste persone, da questo letto e da questo nero che ci ingoia. Sarà come scalciare 'sta vita, la cacceremo via, lontana. E a te ti bruceranno gli occhi, perché c'è troppo sole, e io allora ti regalerò certi occhiali speciali fatti proprio per le persone con gli occhi azzurri».

Non andartene.

«Stavolta non me ne vado, Miriam».

Tu mi ami.

«Io...».

Non voglio che mi ami. Voglio che resti.

esiste il buio, esiste la disperazione, ed esistono i tuoi piedi che scalciano, colpiscono, scalciano, colpiscono, scalciano, colpiscono, e che poi vanno, i tuoi piedi, e le tue gambe, che esistono come mai prima d'ora, e corrono, fuori, l'aria di una stagione che non esiste,

l'asfalto, il fango e il nevischio, la terra nera, il vento, i rami, gli ulivi, il fango, i tuoi passi, il rumore del vento, la spina dorsale, il correre, il guardrail, il salto, l'inciampo, il rimetterti in piedi, il correre, la strada, il buio, il correre, la strada che non finisce, non finisce mai, le luci del paese, troppo lontane, troppo lontane, e corri, e corri, non è abbastanza, troppo lontane, le luci, troppo lontana, tu,

e il vento, e un rumore di macchina, un motore rumorosissimo che si avvicina, che si fa sempre più forte, una luce che non trema, una luce che si fa grande, alle tue spalle, corri, non è abbastanza, troppo lontana, non è abbastanza, una luce che non trema, rumore,

luce enorme, che non trema, motore, ti fermi, ti volti, devi buttarti oltre il guardrail, devi, la luce che non trema, devi, oltre il guardrail, devi, devi, ma invece no, il motore, la luce

che non trema, è qui, due fari, due occhi, neri, neri più del
nero, due fari, due occhi, devi, oltre il guardrail, ma invece
no, ti fermi, esisti tu, per un attimo ancora, esisti tu, esistono
due fari, esistono due occhi neri più del nero, esiste la strada,
esiste il rumore, il motore, e poi

L'enorme scopa di saggina benedetta in mano, che spazza furiosamente il pavimento di pietra grigia e ruvida del santuario. Significa che ieri ha fatto un esorcismo. So che quando fa così pulisce via i residui del Male: li spazza verso il lato del muro dove ci sono i tabernacoli e le cartegloria appese, dice che quello è il punto dove gli appare Dio.

«Non ti fai vedere per tre settimane, non mi fai gli auguri di Natale né di Capodanno, e poi all'improvviso vieni qua, come se questo fosse un posto così, di passaggio, un bar come quello schifoso dove vai per incontrare ragazze maligne».

Maligne. Ragazze maligne. Se non fossi in una situazione mentale che mi viene soltanto voglia di odiarlo, quasi riderei sentendolo dire così. 'Sto modo di parlare assurdo. Che a me in qualche modo mi piace.

«Sono venuto perché penso che dobbiamo parlare, papa Nanni».

La luce grigia di quest'altra giornata malsana di libeccio lo illumina dall'alto, entra dall'enorme finestra impressa sul soffitto, e lui sembra una cosa che appare, una cosa che Dio lo ha appena mandato sulla Terra: chiuso in quel tabarro nero lacero, la barba e i capelli lunghissimi e bianchi, la scopa più alta di lui, i gesti che sembra che c'ha un attacco isterico.

Dicono che è pazzo. Però parla bene. E a me mi piace stare con qualcuno che parla bene. Me lo ripeto dal primo giorno che sono venuto, che è stato 'na specie di approdo in mezzo alla sciroccata devastante che è la mia vita. Mi dico che torno qui perché parla bene. È per questo che da un anno tutti i giorni sto qua con lui. Perché se sto a casa mia c'è soltanto mia madre e il silenzio. Mia madre che quando le dico che sono stato qui, da papa Nanni, si fa il segno della croce tre volte. Mia madre che resta seduta tutto il giorno sul divano, sul lato dove quasi dieci anni fa mio padre ha premuto un cazzo di grilletto di una cazzo di pistola verso se stesso. La televisione quasi senza volume.

Gli occhi di mia madre. Fermi. Da quasi dieci anni. Il silenzio.

Lui, invece, almeno parla. Parla bene. Mi insegna a suonare il tamburello, ma mi ha insegnato pure a capire delle cose che non pensavo che c'erano. Che esiste tutta una roba che va oltre la vita concreta che viviamo, una stratificazione della realtà, cose che non si possono spiegare: ci devi credere. E qui si sta bene, con l'odore di rose e incenso, e di candele e carta, e di ulivi, e ogni tanto pure odore di mare, che quando c'è 'sto vento sembra che arriva qua, il mare, pure se è lontano, dall'altra parte del paese.

Ora però lo vorrei odiare.

Papa Nanni.

È capace di distorcere le cose del mondo fino a farti credere solo e soltanto a lui: fino a farti perdere lucidità – rendendoti soddisfatto, appagato, perché "sapere è patire, sofferenza è la scienza", dice sempre. E io mi sento uno schizofrenico, uno che qua sta bene, che con lui sta bene, ma che mò lo vorrebbe pure odiare.

«Di che vuoi parlare? Immagino non di Dio, non del Male che mi tocca affrontare qui dentro da solo. Vorrai parlare della tua bella addormentata».

Smette di spazzare all'improvviso e lancia la scopa verso la stanza sul retro, la stanza dove dorme – la stanza dove sparisce per un attimo, poi torna, tenendo in mano il tamburello.

«Esatto. Di lei voglio parlare. E dato che te sei uno che parla tanto bene, uno che vede tutto meglio degli altri, mò prova a dirmi come dovrei sentirmi, in 'sta situazione».

Non mi riconosco. Lo vorrei odiare. Ma non sono capace: è la voce che mi tradisce, quella di un attore che non ci crede e che ha dimenticato le battute.

Tiene gli occhi fissi sul tamburello, mentre lo cosparge di olio santo. Borbotta, e tra la barba lunga sembra che le labbra non si muovono: «E io allora? Io come mi devo sentire? È la figlia dell'unico fratello che ho. E mio fratello è la persona che amo di più al mondo».

Mi viene la voglia di prenderlo per il vestito e strattonarlo. La stessa voglia che mi viene con mia madre, quando proprio non ce la faccio ad accettare che se ne stia lì sul divano seduta sempre allo stesso posto con gli occhi fermi e mangiati da tutte le robe dolorose che c'ha nella testa.

«Se non mi obbligavi a non vederla le cose sarebbero state diverse».

«Questo lo pensi tu».

«Magari quella sera stava con me, non stava in mezzo a una superstrada, coi piedi scalzi, a farsi investire».

Non risponde. Mi porge il tamburello e continua a non guardarmi. Tra me e lui c'è il tavolo di marmo dei sacramenti. Ma mi sembra che tra me e lui c'è un sacco di altra roba, un sacco di altro vuoto, e rabbia, e cose così.

«No, non voglio suonare. Non sto qua per suonare» dico, mettendo le mani in tasca.

Sospira, si abbandona su una sedia e si passa le dita sotto le occhiaie che sono profondissime come se non dorme da una vita. «Se tu avessi continuato a frequentarla sai cosa sarebbe successo».

Afferro il tamburello dalle sue mani. Lo lancio senza vedere dove andrà a finire – sapendo che è una cosa che non si fa, sapendo che nel santuario nessuno può permettersi gesti di questo tipo. Con un suono stonato il tamburello sbatte contro il muro, colpendo una delle centinaia di foto appese nel santuario, le foto dei miracolati.

Lui mi guarda come se gli avessi dato un pugno. La faccia che sembra che diventa blu. Stavolta non abbasso lo sguardo, però. Anzi, urlo: «Non lo so cosa sarebbe successo. Mi avresti ucciso? Che cazzo avresti fatto?».

Mormora cose in latino, mi fissa come se davanti c'ha il diavolo in persona. Infila le dita tremanti nel tabarro, ci fruga dentro fino a quando non tira fuori un rosario nero. Urlo ancora: «Basta, Nanni, basta con il latino e tutto il resto!».

Poi una cosa che io proprio non mi potevo immaginare che poteva succedere. Da un occhio gli scivola una lacrima. Ha la voce come se qualcosa di invisibile gli sta rosicchiando il pomo d'Adamo: «L'ho fatto per te».

Vorrei urlare ancora, ma quella cosa lì che gli scivola sulla faccia e gli bagna la barba, io non lo so, so solo che mi fa un effetto strano. Non riesco a guardarlo. Abbasso gli occhi e la voce: «Ma cosa, Nanni? Cos'hai fatto per me? Mi hai minacciato, mi hai costretto a non vederla».

«Ti avrebbe reso la vita un inferno».

«Ma chi cazzo te lo dice?».

Sbatte un pugno sul tavolo con una forza che da lui non te la aspetteresti, e grida, una sola parola, che gli gonfia una vena sulla fronte: «Dio!».

Il silenzio che c'è dopo è una roba che mi fa esplodere le

orecchie. Lo riempio farfugliando: «E cosa ti ha detto Dio? Che Miriam mi avrebbe reso la vita un inferno? Sì? Be', mò ti dico io 'na cosa: lei almeno me l'avrebbe resa possibile, 'sta vita, anche se era un inferno!».

«Avresti potuto non ascoltarmi, allora». Digrigna i denti, si alza in piedi di scatto e quasi mi spavento. «Credi davvero che avrei potuto impedirti di vederla? Sei stato tu a volermi dare ascolto. Tu, soltanto tu!».

«Ma tu hai detto che...».

«Ho detto che se tu avessi continuato ad avere a che fare con Miriam le cose sarebbero precipitate. Ho detto che quella ragazza ha il Male dentro. Ho detto che io non posso permettere che il Male infetti il mondo. Perché sono stato mandato da Dio proprio per combatterlo, il Male. E tu mi hai creduto, come mi credi da un anno, dalla prima volta che hai varcato la soglia di questo santuario. Non è alle mie minacce che hai creduto, non mi hai considerato un vecchio pazzo. Tu hai creduto a me. Tu hai creduto a Dio. E hai fatto la scelta giusta».

Mi stringo la testa tra i pugni. Li premo sulle tempie. Con un affanno strano dico: «Hai detto che puoi controllarmi, che hai strumenti che non posso manco immaginare». Mò sono io che ho una cosa bagnata che mi cola da un occhio. Da tutt'e due gli occhi. Fisso la pietra del pavimento del santuario, quel punto dove tanta gente ha tremato, ha urlato, ha vomitato: e lui l'ha salvata sempre, tutta quella gente. E io ero lì. Inginocchiato su quella pietra, illuminato anche io dalla luce che entra dal finestrone sul soffitto.

Lo sento che fa un passo verso di me. Mi tocca una spalla. Vorrei scostarlo, spezzargli il polso. Vorrei abbracciarlo, chiedergli scusa. Vorrei urlare che non avrei mai dovuto ascoltarlo, che non gli credo più, che sono stanco di 'sta roba di Dio e del Male. Che sono stanco soprattutto del Male. Vorrei sussurrargli nell'orecchio che ho bisogno di lui che mi dice le cose, che mi dice la strada.

Non faccio niente, invece. Sto fermo e lo sento che dice, con la voce bassa e calma e buona: «È successo quello che doveva succedere».

Sollevo la testa. Lo guardo negli occhi, che sono neri, di un nero che io se lo devo paragonare a qualcosa riesco solamente a paragonarlo al nero del buco che sta dentro all'anima di mia madre.

«Vedrai. Le cose andranno meglio, ora».

«Come fai a dirlo?».

«Non lo dico io. Me lo dice Lui».

Gli occhi neri.

Dicono che è pazzo.

«Mi sembra che sto impazzendo, papa Nanni. Di dolore».

«Lo so».

«Io la vado a trovare tutti i giorni. Non posso fare altro. Io penso a lei tutti i giorni. Tutto il giorno. È stata solamente 'na notte: una notte solamente, io e lei. Che però, mannaggia mia... tutto si è fatto più... io non so come cazzo...».

Sorride, mi toglie la mano dalla spalla. Va a raccogliere il tamburello. Lo bacia. Lo benedice con le mani. La voce gli ritorna normale: «Andrei anche io a trovarla, sai. Ma la moglie di mio fratello non mi vuole».

Un altro giorno gli avrei chiesto di spiegarmi, di dirmi qualcosa in più, di raccontarmi. Oggi invece lo guardo, che tocca il tamburello e dice le formule in latino, lo guardo e mi sento distrutto.

Quando è successo che la vita è diventata solamente uno spazio tra una tragedia e l'altra?

Mi alzo. Mia madre deve mangiare.

Non lo saluto.

Lo vorrei odiare.

Perché ha ragione: io ho creduto in lui, io ho creduto in Dio. Soltanto in quello ho creduto, io. E mi odio per averlo fatto. Perché se avessi creduto in ciò che io e te potevamo essere (possiamo?, possiamo ancora?), ora, io e te, Miriam, mannaggia mia...

Mi odio più di quanto tu potrai mai odiarmi.

E non ci capisco niente. Nella testa è come se le parole mi scoppiano.

Se solo fossi in un romanzo, uno di quelli che mi leggeva mio padre, uno di quelli pieni di avventure, di buoni e di cattivi. Se fossi in un romanzo mi ribellerei a papa Nanni. Sarebbe il mio Avversario.

E invece.

Esco dal santuario e sento come se qualcosa mi opprime ogni pensiero, una striscia nera che mi passa davanti agli occhi e mi entra nel cervello. Mi appoggio alla parete bianca e ruvida, le mani dietro la schiena, come cercando di riprendere il contatto col mondo. Il muro che sto toccando, però, è il muro di un posto che non ha alcun contatto con il mondo – non con il mondo di tutti.

Mi rendo conto che mi sento come se ho bevuto troppo e mò c'ho bisogno di vomitare: ho creduto troppo, in questi mesi – ho creduto troppo in Dio, troppo a papa Nanni, troppo alle medicine che spengono mia madre, ho pure creduto troppo in te, che magari ti svegli, ma che intanto però ancora non ti svegli, che cazzo – e mò c'ho bisogno di liberarmi di tutte 'ste cose, di tutto 'sto credere.

Sì, ecco. Liberarmi.

Ma lo so che non ci riuscirò mai.

Non riesco a odiare nessuno se non me stesso. Papa Nanni dice che ho i sensi di colpa atavici. Dice che però è il mio cuore a condannarmi: e Dio è più grande del mio cuore.

C'è 'sta luce grigia, l'ennesimo giorno di libeccio. Il muro del santuario sembra bruciare, tolgo le mani, che quasi mi fanno male: sono sporche di bianco – e si muovono da sole.

Ti manchi.

Non nel modo in cui ti sei mancata per tutta la vita.

Ti manchi come se ti stessi dissolvendo: la Terra è lontanissima, e tra le mani hai soltanto una luce che trema, che mette a fuoco, male, pezzi di ciò che eri.

I pezzi del tuo passato.

«Miriam! Torna qua!».

Il piede che, mentre corri, non tocca il vetro marrone che sbuca dalla sabbia, la scheggia di bottiglia che non sfiori ma che in qualche modo percepisci alla sinistra dell'alluce destro.

Un ricordare, ecco cos'è.

Una specie di ricordare, che però è anche un galleggiare.

Mentre senti che qualcosa striscia.

La luce trema.

E ti fermi all'improvviso, piantando i piedi nella sabbia rovente. Ti volti e guardi l'impronta del tuo piccolo piede a forse un millimetro dal vetro marrone. Vetro rotto che si staglia verso te, appuntito come un fuso.

La luce trema.

Un gatto e un uomo con la barba bianca e lunghissima.

Ci sei tu.

Sei lì.

C'è un urlo terribile.

E ti inginocchi, osservi la punta acuminata del vetro marrone, la afferri con pollice e indice, e tiri fuori quel che resta di una bottiglia di birra di quelle che beve papà ogni sera quando tornate a casa. La osservi, mentre ti siedi sulla sabbia, mentre senza esitazioni avvicini all'alluce destro la punta del vetro. Si infila nella pelle, ed è facile, è facilissimo, spingi fino a far uscire un piccolo fiotto di sangue. Non ti fa male, non fa alcun male, esce sangue ma non fa male.

La luce trema.

Un cimitero, una tomba, una statua, una foto un po' sfocata, un sorriso con lo spazio tra gli incisivi.

Ci sei tu.

Sei lì.

C'è tua madre, c'è un capricorno.

C'è un dolore immane.

E ti sollevi, e vai verso l'ombrellone dove tua madre se ne sta su una sdraio che ha ormai preso la forma del suo corpo scheletrico. Vai, lasciando piccole tracce di sangue a ogni passo, con la sensazione che la sabbia che calpesti ti stia entrando nella ferita, nel sangue, e hai paura di non riuscire a piangere. Hai paura di arrivare sotto l'ombrellone con gli occhi stupidamente lucidi e senza lacrime. Ma invece no:

per fortuna, a un metro di distanza da tua madre, le lacrime escono.

La luce trema.

Lenzuola, una lingua che ti bagna, una risata, odore di menta, un'isola che non rivedrai mai più.

Ci sei tu.

Sei lì.

C'è una felicità che brucia.

La voce ti si rompe, come si deve, come piace a te, piena di pianto: «Mamma!». Lei sobbalza, sfila gli occhiali da sole e ti punta gli occhi addosso. Ci mette qualche secondo per capire, per abbassare lo sguardo verso il tuo piede destro, per bestemmiare Dio e dire piano una delle sue solite frasi: «Ti odio, cazzo».

La luce trema.

Ti manchi.

Ti manca.

Un'auto blu, domande, risposte.

Un caldo dentro.

«Ti voglio bene».

Un sapore di birra.

Ci sei tu.

Sei lì.

C'è lui.

C'è uno stupore, c'è qualcosa che vuoi ancora.

Ancora, e ancora.

Un ricordare, ecco cos'è.

Un ricordare che però è anche un galleggiare, mentre ai tuoi piedi qualcosa trema e striscia.

E non capisci *il* – o *un* – perché: di questa stanza che trema, di questa luce che trema, di questi pezzi, di questa te che è ferma come se non potesse mai cambiare nulla, come se tutto dovesse restare così per sempre.

E non vuoi. Non vuoi che questo sia per sempre. Non vuoi più mancarti.

Un ricordare. Che però è anche un rovistare: cerchi, cerchi *un* – o *il* – perché.

MARTEDÌ

†
†

«Volevo dirti che io... ancora, insomma... io ancora non riesco a smettere di pensare a quella notte. Per me è come un capitolo 1, quella notte. Non so se mi spiego. Nel senso, se eravamo in un libro, io e te, per esempio...».

Sei tu che sei sparito.

«Sì. E mi odio per questo. Mi odio molto più di quanto potrai mai farlo tu. E non è facile vivere se sei uno che ti odi da solo in questo modo. Ma se sono sparito è stato per...».

Non mi interessa.

«Miriam, adesso sono qui».

Perché sei qui?

«Perché tu non parli ma io riesco ad ascoltarti. Perché tu hai gli occhi chiusi, ma io li vedo, gli occhi. Ecco perché sto qui».

È come se fossi morta. Non è la mia voce. Non è la mia vita.

«No. Tu sei ancora viva, sei ancora qui».

Qui tutto trema. Tutto striscia.

«Ci sono io. Tieniti a me».

Ci sei tu.

«Sì. Sono qui. Ti aspetto. Ci sono tante cose che ci aspettano».

Per esempio?

«Devi consigliarmi dei dischi belli da ascoltare. Voglio che li ascoltiamo in macchina, voglio che mi dici: "Senti qui, senti questa parte", voglio che mi traduci i testi in italiano e me li spieghi. E poi ci scambiamo di posto e io ti insegno a guidare, e tu non sai usare bene i pedali, e io ti insegno i trucchi, ti dico di non preoccuparti, che ci sono io. E poi arriviamo qui davanti a casa tua, e prima che tu scenda dall'auto io ti dico che stavo pensando di prendere in affitto una casa a Lecce, e che magari, se ti va, io e te potremmo...».

Avrò paura di addormentarmi. Avrò paura di tornare qui, di non svegliarmi.

«Non succederà».

Come fai a esserne certo?

«Non posso essere certo di nulla. Ma dobbiamo fingere che sia così. Dobbiamo fingere di essere certi che andrà tutto bene».

Non puoi essere certo di nulla?

«No. Ma di una cosa sì. Una soltanto».

ANDREA

Mia madre dice che mio padre, la sera prima di morire, le ha raccontato una cosa: mio nonno, il padre di mio padre, mentre era in guerra in Albania, è stato maledetto. Nel senso che, a quanto ho capito, è successo che mio nonno, lì in Albania, aveva iniziato a fare robe con una ragazza. Ma la nonna di questa ragazza era una specie di strega, e questa specie di strega non l'aveva vista bene la cosa di un soldato italiano che fa robe con la nipote. Così 'sta strega ha maledetto mio nonno: l'ha seguito mentre camminava sulla spiaggia, ha tagliato le impronte che lui lasciava sulla sabbia – con un coltello, proprio, l'impronta affettata, come una striscia di carne. Mia madre dice che 'sta maledizione la fanno pure le streghe rumene. Quando l'ho raccontato a papa Nanni lui ha detto che è una maledizione molto potente. Così potente che, infatti, eccoci qua.

Mia madre racconta questa cosa e basta. Da quasi dieci anni, da quando mio padre è morto. In dieci anni i capelli riccissimi le sono diventati lunghi e ingovernabili, le ricadono sulla faccia, quando mangia finiscono nel piatto. La sua pelle, nelle foto di quando ero piccolo, era scura, splendente e bellissima, quasi quanto i suoi occhi. Mò le si è fatta di un colore strano, la pelle. Sembra un livido enorme con gli occhi, mia madre. Una specie di cadavere, che però non si decompone.

Dieci anni fa io avevo dieci anni.

Le opzioni, dopo la morte di mio padre, erano due: o andavamo a vivere in Romania, nel paese di mia madre, oppure restavamo qui, nel paese di mio padre. Se fossimo andati in Romania ci sarebbe stata mia nonna, si sarebbe presa cura di me e di mia madre, o qualcosa del genere. Ma mia madre non ha voluto. Diceva che dovevamo rimanere qui, nel paese di mio padre, nella casa dove lui era morto. Perché altrimenti avremmo lasciato qui la sua anima: e non potevamo lasciarla, l'anima di mio padre, che vaga nella casa in cui viviamo e che sempre vagherà, pare. Io non so se ci credo a questa cosa, ma ci sto completamente dentro, a questa cosa. È come con Dio e con tutto quello che dice e fa papa Nanni.

Siamo rimasti qui, dieci anni fa.

«Andrea si sa prendere cura di me» disse mia madre alla nonna che vive a Craiova.

Questa della cura, del prendersi cura, è una roba che sembra che mi perseguita. Come se siamo tutti malati. Che poi, però, una cura vera mica c'è, per questo tipo di malattie.

Come si fa a curare l'impronta di mio nonno lasciata sulla spiaggia di Valona e tagliata da una strega albanese?

Il padre di mio padre quando è tornato dalla guerra si è ammalato. È morto di una malattia di quelle truculente, uno di quei tumori che ti fanno marcire lo stomaco, tipo quelle che manda Dio nell'Antico Testamento.

Mio padre è nato malato, con la tristezza nella testa – lo so dalle foto, aveva gli occhi più tristi del mondo già da piccolo. Occhi bellissimi e devastati. Tipo Saul, che nella Bibbia dice che "era tormentato da uno spirito maligno mandato dal Signore".

Mia nonna – quella della Romania – è malata di una malattia che non si ricorda le cose. È successo poco dopo la morte di mio padre. Dunque, fossimo andati a vivere in Romania, lei mica si sarebbe potuta prendere cura di me e mia madre. Sarebbe stato, forse, un vortice peggiore di quello che c'è adesso. O forse no, boh. Forse mia madre avrebbe sentito l'impulso di prendersi cura di sua madre, e magari pure un po' di me. Forse. Ma niente, è andata in un modo diverso, in un modo che io sono qua con mia madre, a prendermi cura del suo cadavere indecomposto.

Mia madre è malata di vuoto. Quando mio padre ha sparato è successo che il proiettile ha fatto molti buchi: uno è nell'anima di mia madre – un altro nella mia testa.

Quando mio padre ha sparato io ero nella stanza accanto, facevo i compiti. Scienze della Terra. Comprensione del testo. *A quante tonnellate ammonta il peso del pianeta Terra?*

La Terra pesa seimila miliardi di miliardi di tonnellate. È il peso che ho dato al mio dolore. Una cosa del genere.

Ti dico tutto questo, Miriam, perché voglio che tu sappia che in quel momento, quella notte, con te, non c'era più nessun peso. Tutto era leggero. Una cosa del genere.

Ti dico tutto questo, Miriam, perché voglio che torni, che riapri gli occhi, che vivi di nuovo: voglio che sei qui, con me – perché io sono solo, come te.

«Non vuoi più suonare?». Lì in piedi sulla porta, le braccia conserte, una voce che è dura come se mi lancia pietrisco in faccia. C'è una luce che filtra in mezzo alle foglie dell'uliveto immenso che circonda il santuario.

«Sono venuto per aggiornarti» gli dico, mentre avanzo sulla

strada sterrata − e rallento, perché non so, magari non vuole farmi più entrare. «Non posso entrare?».

«Non so se sei degno».

Lo sapevo. Sorrido. Ma intanto sento un veleno che mi sale in gola.

«Vabbe', ho capito. Me ne vado».

«Devi dirmi se non vuoi più suonare». La voce sembra tutta in maiuscolo, 'na specie di tuono. E io invece mi faccio tutto minuscolo, anche se non vorrei, vorrei dirgli: *Ma che cazzo vuoi? Ma chi cazzo sei?*, e invece no, mi faccio minuscolo. E lui, maiuscolo: «E devi dirmi se hai intenzione di continuare a venire tutti i giorni qui a disturbare senza alcun motivo».

«Non sto capendo: perché sei incazzato con me?».

Mette le mani nelle tasche della tunica e viene verso di me. Mi sento minuscolo e mi sento indietreggiare. Lui cammina e le foglie degli ulivi ondeggiano. Sembra che niente, qua, è casuale.

So che lui lo sa come mi sento, e so che sotto la barba c'ha 'na specie di ghigno, come se gode, come se sa che mi ha in pugno. Perché, sì, cazzo: mi ha in pugno − se così si può dire. Mi tiene stretto dentro la sua vita, dentro le sue cose. Questo succede perché non c'ho nient'altro, io. Da un anno ho solamente Nanni, io. Il tamburello tutti i giorni. Gli esorcismi la domenica mattina.

«Pensavo tu fossi il mio discepolo più fedele».

Io, porca puttana, non lo so quando l'abbiamo decisa 'sta cosa del discepolo. Ma è successa. È successa.

Arriva di fronte a me. L'alito gli sa di vino santo: «Eppure, da come hai parlato ieri, mi pare di capire che tu non abbia più alcuna fede in me. Forse nemmeno in Dio».

Minuscolo − ma provo a far finta di no: «Nanni, senti, prova un attimo a metterti...».

«Nei tuoi panni? No. Io non mi metto nei tuoi panni. Per quello ci sono i medici, gli psicologi. Io non ho bisogno di mettermi nei tuoi panni per sapere che la tua vita è stata un inferno fino all'anno scorso. E sono stato io – con il potere di Dio – a permetterti di rivedere la Luce. E so che grazie alla Luce che hai ricevuto hai ritrovato la voglia di vivere, così tanta voglia di vivere che hai avuto la forza di cercare un amore fisico, un amore terreno. Peccato però che Eros è un dio pagano. E che le vie del Male sono infinite».

Tutto quello che dice mi colpisce la testa come una sassaiola. Mi fa male. Ma è come se mi serve.

Abbasso gli occhi, mi faccio colpire, così forte che non riesco a capire se credo o no a quello che dice. Ogni volta è così. Ogni volta cado in ginocchio. Appoggio la fronte sulle sue caviglie.

«Perché il Male mi perseguita? Perché Miriam non è il Bene?» sussurro ai suoi piedi.

«Perché una donna non può essere il Bene. È Dio il Bene. Guarda ora dov'è Miriam: in un letto, in coma, a causa dei suoi vizi. Quali altri segnali pretendi da Dio? Un biglietto scritto? Alzati in piedi, forza».

Obbedisco. Gli occhi suoi addosso, come due pietre nere roventi. La testa, dentro, me la sento gonfia. Gli ulivi che frusciano in un modo che sembra che il santuario sta respirando. Vorrei dire qualcosa su Dio, sulla mia fede. Ma invece: «Non ce la faccio a non andare a trovarla, Nanni. Non ce la faccio a spegnere 'sta specie di... non so, è tipo che brucia, se la penso. E però è un bruciare che mi fa allo stesso tempo male e bene. Non so spiegare. Non riesco a non andare da lei. Devo vederla, devo parlarle, ogni giorno».

Lui, da quando lo conosco, fa sempre la cosa che non ti aspettavi proprio che potesse fare. È per questo che è diventato il centro della mia vita. Ora, per esempio: mi abbraccia. Non l'aveva fatto mai. Mi stringe, e allora ricambio. Gli tocco i capelli che gli coprono la schiena, sembrano ovatta secca. Sento la barba vicino a un orecchio. Sento che respira. Un filo di voce: «Ci stai parlando?».

«Sì. C'è una dottoressa. Dice che le fa bene, se parliamo. È una terapia, dice. Si chiama *talking cure*».

«E ti risponde, quando le parli?».

Mi stringe la nuca nel palmo di una mano. Una nuvola copre il sole e per un attimo l'uliveto sembra una cosa tipo il giardino di un cimitero gotico. Fisso il santuario: lo fisso forte, e vedo qualcosa che mi passa davanti, per un attimo, una luce nera, si abbatte sulla porta del santuario. Lui ora mi accarezza la nuca. Si stacca dall'abbraccio. Mi guarda, sorride, con quel modo di sorridere amareggiato che ha quando un esorcismo non viene bene.

«Nanni, non lo so se mi fa bene venire qui da te»: mi scivola fuori, e sono contento, perché altrimenti – se avessi dovuto ragionare sul *come* e sul *quando* dirla, 'sta cosa – non l'avrei detta mai, mai.

«Preferisci andare a parlare col diavolo, vero?».

Come ogni volta che dice quella parola, *diavolo*, sembra che il santuario trema, che la pietra bianca si fa più scura. Sembra che l'aria diventa tutta di sassi minuscoli che mi formicolano addosso. Da qui si vede un pezzo di muro, tappezzato da corporali macchiati di sangue. Sembra che si muovono. Allora chiudo gli occhi: «È con Miriam che parlo. Non c'è nessun diavolo, nessun Male».

Si stringe le mani, come se è soddisfatto. Annuisce, col dito sporco di roba nera mi indica: «Vedi? Non sei più tu. Non sei più il mio discepolo. Non sei più degno».

Vorrei fottermene di queste cose che dice. Vorrei tantissimo dirgli che va bene, che vada a fare in culo lui, i tamburelli, gli esorcismi. E invece no, mi sento come se una roba dentro sale, un veleno in gola: se penso alle mie giornate senza di lui, io, mi sento che distruggo pure quell'unico pezzo di me che è rimasto integro.

La verità è che non posso perdere anche lui.

Non posso più perdere la gente. Perché io non sono capace di sostituirla, la gente che perdo. Ogni volta che perdo qualcuno si crea una specie di buco. Che poi è una specie di malattia. Senza cura. Una cosa così.

«Non cacciarmi. Non ti sto tradendo. Ma non mettermi nella condizione di dover scegliere tra te e Miriam. Che cazzo, Nanni. Ho già mia madre che ragiona così, che mi isola dal mondo da quasi dieci anni, che mi fa scivolare gli anni tra le dita come se è sabbia che brucia e nemmeno me ne accorgo. Io vengo qua da te per stare bene».

«Quella ragazza ti fa del male».

«Ma non è vero».

«Quando le parli ti risponde».

«Che ne sai?».

«È così, vero? Ti risponde. Non parla, ma tu la senti».

«Non vuol dire niente, 'sta cosa...».

Mi guarda scuotendo la testa piano. Fa un respiro graffiato e si volta. Mentre torna dentro il santuario – il sole che si fa sempre più forte e bruciante, l'uliveto sembra che può andare a fuoco da un momento all'altro. Fermandosi per un attimo sulla soglia dice soltanto, in un tono accorato e definitivo che poche volte ha usato: «Devi stare attento». Poi sparisce, risucchiato dalle mura bianche della costruzione più bella che abbia mai visto in vita mia.

«A cosa?».

Silenzio. Un suono di tamburello. La sua voce che canta una canzone tristissima, di due che si amano, e poi muoiono.

Fai luce come puoi, dove puoi.

Dopo un po' sei stanca.

E hai anche un po' paura.

Vuoi luce, vuoi uscire.

Vuoi scalciare.

L'estate sembra non finire mai.

I tuoi otto anni, che ti sembrano pesantissimi.

Gioca, non piangere, ormai sei grande, perché non vai a divertirti con quei bambini?

E lo stabilimento, sempre lo stesso, il più lussuoso tra tutti quelli ammassati lungo la Baia Verde, il proprietario amico d'infanzia di papà, gli ombrelloni rossi, e la gente, tanta gente, l'acqua calda, la sabbia calda, il gelato che si scioglie e ti gocciola sulle ginocchia e lungo il braccio, fino a caderti su un piede mentre provi a salvare il salvabile sotto lo sguardo schifato – e lontano, sempre – di tua madre, anche sotto gli occhiali scuri, anche dietro la *Settimana Enigmistica*.

Nessuno sguardo invece da tuo padre, circondato tutto il giorno dalle persone, "i cittadini", e tua madre gli urla che non ne può più di rimanere da sola "con questa cazzo di bambina", ma "i cittadini" hanno bisogno di lui "sul territorio", e "lo sai che a settembre si vota, Mara", e "Vaffanculo, Lucio" – e tu capisci poco, quel poco che capisci lo ignori, continui a far finta di succhiare il solito brodo vegetale dalla punta del cucchiaio, continui a ri-ragionare su quel "cazzo di bambina". Per anni, poi, ci hai ri-ragionato. Sentendoti sempre più stupida.

L'estate sembra non finire mai e in ben ventisette giorni tutti uguali non sei stata in grado di fare amicizia nemmeno con un bambino. Ce ne sono: napoletani, milanesi, romagnoli, baresi, romani. Ma del tuo paese nessuno. I bambini del tuo paese (che nel giro di pochi anni comincerai a chiamare *paese di merda*, come se fosse tutta una parola, *paesedimerda*, sempre) sono tutti da un'altra parte, dall'altro capo del paese di merda, sono tutti alla spiaggia della Purità, senza ombrelloni rossi, senza camerieri che si avvicinano ogni quarto d'ora alle vostre sdraio chiedendo a te e a tua madre cosa desiderate – a tuo padre no, a lui non chiedono nulla: tuo padre è lì che parla con qualche cittadino, non lo si può interrompere, e la fila dei cittadini è lunga, iniziano alle otto del mattino, finiscono alle cinque del pomeriggio, i cittadini, tuo padre, il territorio – e tua madre chiede un'altra Corona, e tu chiedi un altro gelato.

Però la spiaggia dove i bambini del tuo paese non vengono ha una cosa particolare: la pineta. Il resto del litorale è semplicemente una lingua di sabbia: a un certo punto l'asfalto della strada si interrompe, diventa sabbia, e poi, dopo un po', c'è l'acqua. La "vostra" spiaggia invece non si può vedere dalla strada: c'è l'asfalto, c'è la pineta, e poi, dopo un breve percorso tra gli alberi, ti si aprono davanti la sabbia, gli ombrelloni, il mare – e ogni volta è una specie di esplosione, uscire dall'ombra degli alberi, scontrarsi con la luce chiassosa, che diventa rivoltante ai tuoi occhi chiarissimi e stanchi di bambina che vorrebbe soltanto dormire, o giocare con qualche compagno di classe e non con Thomas il figlio del sottosegretario di chissà cosa e che quindi «mi raccomando

Miriam fai la brava con Thomas, è un bambino simpatico, suo padre è amico di papà».

La pineta è la salvezza. Perché è vuota. Le persone sono tutte in acqua, o sotto il sole. C'è il caldo, cocente: e quell'ombra fresca è completamente libera, ignorata del tutto da tutti. Passi ore intere lì, vagando tra gli alberi, inventando giochi stupidi e semplicissimi. Uno ti piace molto. Che poi non è un vero *gioco*: semplicemente corri attorno a un albero fino a che la testa non comincia a girarti, creandoti quella sensazione che ti sembra bellissima, il sentore di sangue nel naso, gli occhi che salgono indietro nel cranio fino a non vedere più niente, fino ad aver paura di cadere per terra – ma alla fine ce la fai sempre: riporti gli occhi al loro posto, riprendi a respirare aria dal naso.

Tutto. È iniziato lì. Lo sai. Non sai come. Ma lo sai.

La te che sei diventata. Questa te che sei adesso, che scalcia in un buio che striscia e che trema.

Tutto. Non sai come. Ma è iniziato, lì, così. Lo sai.

Dalla strada una frenata brusca. È un suono che te lo senti scorrere dentro. È insieme un urlo di donna e un miagolare straziato.

Un suono, uno solo. Terribile.

Non hai mai sentito nulla di simile. Mai nulla ti ha creato così tanto terrore. Anni dopo dovrai interrompere la visione del *Signore degli Anelli* perché le urla dei Nazgûl ti riporteranno indietro in quella pineta, in quel giorno, in quel momento. Così come soffrirai enormemente a ogni pianto di neonato. E maledirai – tutte le volte sobbalzando e lasciando andare un gridolino – ogni auto che inchioda.

Dal tuo angolo, tra i massi piccoli e i pini esili, riesci a vedere la sagoma dell'auto ferma. È vicinissima. Non hai intenzione di spostarti da dove sei, ovviamente. Eppure qualcosa, in questo momento di questa estate che sembra non finire mai, ti fa muovere.

Il miagolare straziato che continua, e continua, e continua. E la sagoma di un uomo che esce dall'auto. Tu che poi, senza nemmeno capire perché – la testa intorpidita dal caldo adombrato della pineta, dai troppi giri intorno agli alberi, dagli zuccheri dei ghiaccioli alla vaniglia – corri verso la strada, verso l'asfalto – il miagolare straziato ancora, ancora, ancora.

Tra te e il gatto sembra esserci un'eternità.

E c'è un sentimento nuovo.

Un odio: verso la sagoma che ha frenato, verso la sagoma che come cazzo hai fatto a non vedere un gatto?, e se fosse stato un essere umano?, e se fossi stata tu?

Si muove lento, la tunica lunga quasi non mostra i piedi. E in quella luce esplosa ti chiedi come sia possibile resistere a quel caldo con quell'abito, quei capelli lunghi sciolti – e quella barba: lunghissima e bianca come i capelli, la vedi ora, perché l'uomo si è voltato verso di te con un movimento rapido.

Si è voltato verso di te, ma non guarda te. È inginocchiato accanto al gatto, che ha smesso di miagolare, troppo stanco di soffrire, o forse già più morto che vivo. E tu sei troppo piccola. Piangi. Tu che con le lacrime lotti sempre, quando si tratta di tirarle fuori per far impietosire i tuoi, tu che hai gli occhi sempre secchi, troppo secchi. Le lacrime ora sono lì, escono, ma le vorresti ricacciare dentro, perché l'uomo alza all'improvviso lo sguardo, e adesso sì, adesso lo punta su di te – o meglio: dentro di te.

La luce esplosa, l'assenza irreale di altre auto, di altre perso-ne. La pineta alle tue spalle in quel momento è un portale che ti potrebbe ricondurre nella tua dimensione, se solo volessi.

Se solo volessi.

Il sole ti brucia la pelle ma, inspiegabilmente, non sudi mentre ti avvicini a lui – a loro.

Sembra non sudare nemmeno lui – l'uomo: il gatto, inve-ce, assomiglia a un pezzo di porcellana lucido capace di re-spirare. Perché, sì, respira. A fatica, afferrando l'aria con tutte le forze. Non ha più le zampe posteriori. L'uomo gli accarezza la testa, mentre guarda dentro di te.

Non sudate.

Tu osservi: per un po' il gatto, per un po' l'uomo. Quel-le zampe sostituite da un vuoto d'asfalto rosso. Gli occhi dell'uomo, neri più dell'asfalto.

«Purtroppo non l'ho visto». La voce profonda. Il tono stra-nissimo, un miscuglio di sofferenza e pacatezza, dispiacere e pace. «Vedi? Tutto è scritto. E tutto è inatteso».

Non capisci. Ma ti sembra la voce di tutti gli uomini della Terra. È una voce enorme e definitiva.

«Dio ci ha divisi in due categorie. Da un lato chi soffre e chiede aiuto. Dall'altro chi non sta soffrendo e dunque può aiutare». La sua mano è liscia e snella, in contrasto con quel volto rugoso, che sembra un pezzo di muro di qualche casa del paese. Liscia e snella, la sua mano, mentre con forza stringe il muso del gatto. Mentre schiaccia il muso del gatto. Mentre affonda nel muso del gatto.

È troppa quella luce attorno a voi. È troppo lento e troppo veloce, il tempo. Troppo vuoto lo spazio.

Troppo *altro* quel suo modo di dire le cose.

«Quelli che possono aiutare hanno bisogno di tanto corag-gio. Mentre quelli che hanno bisogno di aiuto devono essere pronti a ogni forma di dolore».

E poi un rumore secco, e un fiotto di sangue che dalla bocca dell'animale schizza sulla barba bianca.

La luce trema. O forse sei tu.

«Dio ci ha diviso in due categorie. E tutti ora viviamo in un labirinto. Alcuni trovano la strada, con fatica e sacrificio. Altri, invece, vagano perduti per così tanto tempo che finiscono per diventare loro stessi un labirinto».

Ti dice così, con una voce che sembra uscire da labbra che non sono sue. Una voce che sembra emergere – mentre il mondo, attorno, è come se non ci fosse, come se sprofondasse. Gli occhi che brillano. Gli occhi che sono un labirinto. Gli occhi che sembrano pronti a ogni forma di dolore.

Lo sguardo sgranato di tuo padre, dalla sua bocca un verso che sembra un ululato, e si stacca dai cittadini assiepati attorno a lui, in un attimo è come se nei suoi occhi – per i suoi occhi – non esistesse altro che quella tu che si trascina fuori dalla pineta, invasa dalla luce troppo bianca del pomeriggio d'agosto, è tutto invaso da un bianco troppo bianco: la polo di tuo padre, bianca; «Piccinna mia, ma che c'hai? Tutta bianca bianca sei... che hai vistu? Qualche fantasma?»; «No, papà, è che...»; il tessuto bianco che odora di ammorbidente e sudore e deodorante Breeze, ci immergi la faccia, lo stringi nei tuoi piccoli pugni, affondi il naso nella pancia di tuo padre; «Piccinna mia...». I cittadini non esistono, il mare non esiste, la luce troppo bianca non esiste, tu e lui invece sì, tu e lui, in un bianco caldo che non brucia, profuma; «Torniamo a casa, papà, per favore...»; il suo respiro faticoso che esce tutto dal naso, le sue mani grosse e morbide che ti accarezzano la nuca e la schiena; «Sì, sì, ce ne andiamo, beddha dellu papà tou...»; ma non ti stacchi, rimani lì, stringi ancora di più la sua polo bianca, inspiri ancora di più il profumo strano, resti lì ancora un po', ancora un po', ancora un po'.

Bianco, tutto, per un attimo. Come un fantasma.
La luce trema, quasi si spegne. Quasi si spegne.

Lucio

Quantu eri bella, piccinna mia. Da appena nata, si capiva subitu ca poi diventavi bellissima. Appena ti svegli facciamu un poster di 'sta fotu qua. Quandu l'ho scattata eri nata da pochissimi giurni. E mi ricordu che poi, quandu l'ho fatta sviluppare, mi stavu mettendu a piangere. Che ho pensatu: *Ma taveru questa è figlia mia? Cusì bella, co' 'sti occhi che sembra che tiene il mare dentru. Taveru è 'na cosa che è nata da me?* Cusì pensavu.

E mi ricordu che poi ho fattu sviluppare tante copie di 'sta fotu. L'ho regalata, cusì tutte le persone vedevanu quantu eri bella. Era un modu pe' vantarmi. Che pe' me eri la cosa più bella che ho fattu in vita mia. L'ho data a tutti, 'sta fotu. Puru a tutti quelli dellu consigliu comunale.

Mi ricordu che ero andatu allu santuariu, puru, da mio fratellu. Gli ho portato 'na copia della fotu, e lui si è àppoggiatu all'altare, che di poco cade svenutu. Eh, che lui, poverinu, sicuramente gli sei sembrata parecchiu uguale alla Miriam sua.

Ma vabbe', 'sto fattu iou e la mamma tua abbiamu decisu che è megliu che con te non ne parliamu moltu. Che è 'na cosa brutta, che è megliu che tu non sai nienti, di certi fatti brutti.

Mio fratellu, però, veramente, se mò iou potevu avercelu qua con me, era 'na cosa che mi serviva. Che lui è persona di Dio, è unu miracolatu. Mò ha iniziatu a venire qua di fronte, la notte. La mamma tua è impazzita quandu l'ha vistu, ma lei non capisce che lui lo fa pe' noi: è il modu suo pe' starci vicinu. Lei non lo vuole vedere propriu, non gli perdona mai e poi mai il fattu bruttu che successe. Che tiene ragione lei, eh, mica iou dicu ca non tiene ragione. Però, iou, se mò potevo tenere l'appoggiu di mio fratellu, in 'sta situazione, mannaggia alla miseria, iou mò pensu che poteva servirmi. E che poteva servirti puru a te. Che quellu, mio fratellu, è capace di cose che se unu non le vede mica ci può credere.

Certe volte, piccinna mia, mi vene propriu la voglia di prendere e andare a parlare con lu fratellu mio. È più forte di me, 'sta sensazione, 'sta necessità. Iou avrei voluto amare te e la mamma tua comu ho amatu lu fratellu mio per tutta la vita. Con lui è sempre statu un amore senza silenzi, ci siamu detti sempre le cose. Con te e la mamma tua invece no, mai. È brutta 'sta cosa, è bruttissima, lo so.

E mò, iou, mio fratellu lo vorrei qua accantu a me. Che magari lui mò poteva dirmi quacchecosa di utile, per capire. Lui che è uomo di Dio. Magari lui ti poteva dire quacche-cosa puru a te. Ti poteva dire cose di Dio che magari ti putevanu aiutare.

Lui, mi ricordu, quandu eravamu piccinni, ragazzi, me lo ricordu, che mi parlava sempre di cose delle femmine tarantate. E cantava, cantava, e sunava 'stu tamburellu. E diceva: «Sto imparando a scacciare il Male dalle donne!». E iou e la mamma mia ridevamu. Però ridevamu di nascosto, che non lo volevamo far sentire scemu. Però, mannaggia mia, iou ogni tantu ci pensu: che il fratello mio, mò, mi po-teva aiutare. Sai perché? Perché iou l'ho vistu cosa è capace di fare, mio fratellu. Quando era piccinnu io e mia madre ridevamu. Ma poi, da quandu abbiamo visto cosa poteva fare, non ridevamu più.

Una domenica mattina, lui aveva dudici anni, eravamu tutti alla messa: lui si è alzatu pe' fare la comunione, ma non è andato a prendersi l'ostia, no, è andatu vicino all'altare, e si è messu a parlare, in un modu che noi mai lo avevamu sentitu parlare cusì. Veramente, mai in quel modu cusì, sicuru, duru, precisu.

Me lo ricordu, matonna mia, comu se è qua: «Fedeli, voi non vedrete mai un demone uccidere un uomo. Vedrete sempre solo e soltanto un uomo che uccide un altro uomo». Gridava propriu, capisci? E poi ha guardatu fissu un puntu tra la gente: «E allora tu, Vincenzo Liaci, vieni qua, posa quell'arma che hai in tasca. Confessa le tue intenzioni omicide davanti ai tuoi fratelli, ma specialmente davanti al nostro Signore. Altrimenti sarai costretto a seppellire con le tue stesse mani la persona che ti è più cara al mondo». 'Na scena incredibile, guarda, la pelle d'oca mi viene sulamente se ci pensu. Tutta la chiesa zitta. Questu Vincenzu Liaci era unu mafiosu, 'na persona pericolosa propriu. E stava lì, dentro la chiesa... e dopu che mio fratellu ha parlato, 'stu Vincenzu Liaci si è alzatu ed è andatu versu l'altare! Tutti zitti, con la paura che magari quistu mafiosu faceva quacchecosa di pazzo, che tirava fuori la pistola... ma invece no: si è buttatu pe' terra, ai piedi di mio fratellu, che era nu piccinnu di dudici anni eh, mio fratellu, immagina la scena. 'Stu Vincenzu Liaci si è messu a piangere, un uomu di quasi due metri che piangeva, che prende la pistola dalla tasca e la lascia lì per terra vicinu all'altare. E mio fratellu che gli tocca la testa, gli accarezza i capelli, e dice 'na cosa, a bassa voce, ma la chiesa era tutta silenziosa e lo sentiamu tutti: «Esci. Lascialo. Vai via. Da lui hai già preso troppo». Dice 'ste parole, mio fratellu... e 'stu Vincenzu Liaci, *bum*, tutt'un trattu si stende a terra, comu se era svenutu. Tutti ci siamu alzati in piedi, siamu andati a vedere. 'Stu Vincenzu Liaci stava stesu, che sorrideva, che diceva a bassa voce: «Finalmente. La Luce. Finalmente. La Luce».

Da quel momentu mio fratellu è diventatu per tuttu lu paese 'na persona speciale. Ha iniziatu a parlare in un modu tuttu precisu, l'italianu dei professori propriu: «Io non sono come voi, e devo distinguermi a partire dal linguaggio», sempre cose cusì diceva. E si vestiva puru stranu, co' 'ste vesti lunghe, e li capelli lunghi, e a vent'anni teneva già quel barbone lungu che tiene mò.

Pe' tutti era un personaggiu particolare, un pocu stranu, sì. Ma speciale. Soprattutto per me. Speciale. Alle prime elezioni che mi sonu candidatu comu sindacu è statu lui a portarmi nu saccu di voti: famiglie intere che eranu state salvate dalle mani sante sue, che avevanu decisu di votarmi perché siamu fratelli.

Iou, allu Nanni, gli vogliu un bene gigantescu, non possu farci nienti.

E mò, se stava qua, iou non so, magari ti faceva quacchecosa di potente, che magari riusciva a parlare con Dio, pe' farti svegliare, piccinna mia. Se non faceva tutte quelle strunzate con la sorella di tua madre, maledettu a lui. Mò lui poteva stare qua, se non faceva quelle strunzate.

E le cose di Dio potevano essere utili, forse, a te.

MERCOLEDÌ

✝
✝

Parlami.

«Di cosa vuoi che ti parli?».

Di qualcosa di bello.

«Mmmh, vediamo... ah, sì, sto vedendo un telefilm bellissimo, stranissimo. Quando ti svegli dobbiamo assolutamente vederlo, secondo me ti piace pure a te. Si chiama *Twin Peaks*, in pratica c'è una ragazza che...».

Dimmi qualcosa di tuo. Qualcosa che non hai mai detto a nessuno.

«Va bene... ecco, c'è una cosa. Mio padre mi leggeva *Harry Potter*. La mia parte preferita era quella dello Specchio delle Emarb, uno specchio che se ci guardi dentro ti fa vedere una versione di te felice, con tutte le cose che più desideri».

E ora dov'è, tuo padre?

«Mio padre, da dieci anni, è in tutti gli specchi che mi ritrovo davanti».

Fa male?

«A volte sì».

Mara

Vabbe'. Vaffanculo. Facciamo questa cosa. Va bene. Che cazzo. Se me l'avessero detto, non so, sei mesi fa, mi sarei messa a ridere. Non ci avrei creduto. Anzi, no: non avrei nemmeno capito. Che io, sappilo, non ci sto capendo un cazzo. No.

Dice che si chiama talking cure. Che puttanata. Ti rendi conto? Guarda come mi hai ridotta. Guardami. Talking cure. Non sa nemmeno pronunciarlo, quella lì. Fa la dottoressa ma dice *talching cur*. Un'ignorante, ecco in che mani stiamo. Eppure è l'unica cazzo di persona che riesco ad ascoltare, adesso. Assurdo. Una sconosciuta è in grado di farmi stare meglio di te e tuo padre messi insieme.

Mi sono ridotta ad avere le crisi di pianto abbracciata a una che nemmeno conosco, che non sa un cazzo di me. Mi sono ridotta così. A fare la *talching cur*. Tutto per te. Che chissà cosa cazzo ti sei presa, quella sera. Chissà quale roba ti sei sparata nel cervello, per finire sotto una macchina in mezzo alla superstrada.

Io lo sapevo, lo sapevo, da quando sei nata. Avevi gli occhi di una che nella testa non c'ha un cazzo. Da quando sei nata. Lo sapevo che prima o poi ci avresti distrutto 'sta vita di merda. Ah, ma tanto non senti nulla, no? Quella lì dice che non sei morta, che dobbiamo trattarti come se fossi tipo la bella addormentata nel bosco. Ma a me non sembra che dormi, a me sembri morta.

Merda.

Perché non muori?

Che schifo.

Quel ritardato di tuo padre si mette qui e ti parla le ore.
A lui 'ste stronzate gli piacciono. Eh, certo. Che magari gli
piace pure quella troia della dottoressa. Capacissimo. Che
se non fosse per me, adesso, 'sto cazzo che farebbe il sindaco. Se non fosse per me, che gli ho portato avanti la baracca,
come una schiava. Ora starebbe lì al santuario di suo fratello a fargli da assistente, a ballare col tamburello in mano, a
rubare soldi alla gente disperata.

Che schifo.

A lui gli piace venire qua, fare la talking cure. A lui gli piace.

E va bene, allora: facciamo la talking cure pure noi. Ecco
qua. La mamma. La figlia. Che bel quadretto. No? Che
bello. Questa roba del venire qua e parlarti come se fossimo
gente del Medioevo che aspetta un miracolo, guarda, non lo
so se mi fa più ridere o piangere.

Ma ecco a cosa ci hai ridotto.

A cosa ci costringi, cristo.

Ho bisogno che ti svegli.

Adesso si è messo in testa una novità, tuo padre. Magari
te l'ha pure detto. Vuole che parliamo con un medico. Per
me. Dice che non sto bene. Un medico del Nord, dice. Che
possiamo parlarci per telefono, senza impegno.

Ti rendi conto?

Per telefono. Senza impegno. Giusto per capire se ho bisogno di qualche aiuto. Qualche pastiglia in più, magari.
Davvero, eh. Così ha detto. Qualche pastiglia in più, per
stare più tranquilla.

Capito?

In realtà vuole chiudermi da qualche parte. O quanto-meno imbottirmi bene bene con quelle stesse pasticche che suo fratello dava ai loro genitori. Quei poveri vecchi. Li ha ammazzati lui, cazzo, e nessuno se ne vuole rendere conto. Credono a quella storia assurda di lui che tocca un cada-vere e c'ha una visione? Cristo, ma come cazzo si fa... li ha ammazzati lui, proprio come mi ha ammazzato mia sorella. Quel cazzo di mostro... cristo...

E adesso questi due psicopatici hanno messo in moto un piano per liberarsi pure di me. Ovviamente. Pezzi di merda. Lo so, cazzo. Ma non c'ho le prove. E non mi crede nessu-no, non mi credono, cazzo. Mi prendono per pazza.

È tutta la vita che mi prendono per pazza.

Tu devi aiutarmi. Io non posso fare nulla se non ti sve-gli. Io sono senza una parte fondamentale di me, se non ti svegli.

Lo vuoi capire, cretina?

Io senza di te non valgo niente, mi si marcisce il cervello. Io senza di te smetto di essere me, cazzo.

Tuo padre sta già preparando tutto per farmi stare zitta per sempre, lo capisci?

Lo capisci, cristo?

Nelle vene c'ha lo stesso sangue di quella merda di suo fratello. Cazzo, svegliati. Svegliati. Perché continui questa stronzata?

Mi sembri mia sorella, porca troia. Che godi nel farti trat-tare come una malata.

Mi sembri mia sorella. Uguali.

Cazzo, svegliati.

Uguali. Uguali.

Ma perché dovete morire? Perché dovete morire sempre tutti?

Perché?

Vaffanculo.

Svegliati.

È proprio tutta la famiglia. Tutta la famiglia. Di malati. Malati veramente. C'hanno qualcosa dentro quel cervello. Qualcosa che li ammala. Nascono proprio così. Tutta la famiglia.

Come ho fatto a infilarmi in questa cosa?

Cosa mi passava dentro questa testa di merda?

Era potente, tuo padre. Ignorante come tutta la gente di questo buco di paese. Forse il più ignorante di tutti. E per questo lo fanno sindaco da vent'anni: è il più ignorante di tutti e quindi il più importante di tutti.

Ignorante e potente.

E io vedevo solamente il potere che aveva. Mi prometteva cose. E le manteneva. Io chiedevo, lui mi dava. Io la povera orfanella spaesata, la figlia di operai brianzoli che si trovano a lavorare a Taranto, che da Milano le tocca andare a vivere nel buco di culo d'Italia. Una storia perfetta per lui, che aveva già in mente di diventare il padrone di 'sto pacse di merda. Un ignorante che quasi non lo capivo quando parlava. Con quella cravatta stretta sotto il doppio mento. La pancia che gli copriva la fibbia della cintura.

Che schifo. Cristo. Che merda.

Cosa cazzo mi passava dentro questa testa di merda?

Promesse mantenute. Regali. Quello mi bastava.

Che schifo.

Ti faccio schifo, no?

Ti faccio schifo, lo so.

Questo pensi. Ti faccio schifo. Eh, lo so. Lo so.

Ma è lui che ha il cervello malato. Meno di suo fratello, forse. Ma comunque malato. Il cervello.

Se tu lo sapessi quanto mi sento ridicola. Io. Io. Che mi sembra che ho passato la vita come una serva, cristo. Solo per due o tre promesse mantenute. Matrimonio, una scopata, una figlia.

E adesso eccoci qua. La talking cure.

Ti piace? Sei contenta adesso?

La bella addormentata.

Che schifo.

Eh, ma tu che ne sai. Hai passato la vita a fare sempre la fighetta, a truccarti gli occhi di nero, a fare schifo ogni sera in quel locale schifoso. Quel cervello malato, è una cosa genetica.

Che ne vuoi sapere, tu? Io sono l'unica che lo sa quanto è malato quel cervello di merda che avete, voi. Te. Tuo padre. Suo fratello. Quella specie di prete di merda.

Se ci penso, dio cane, cristo. Non farmi pensare.

Impazzisco, ma davvero. Non farmi pensare.

E però no. No.

Ora mi ascolti. Che cazzo.

Vuoi fingere che sei morta? Fai come cazzo ti pare. Ma ora ascolti. Che devi capirlo che cervello hai ereditato. Devi capirlo che il sangue che hai dentro è un sangue orribile. Devi capirlo che il fratello di tuo padre, quel finto prete del cazzo, è la peggiore merda che una donna abbia cagato.

Ogni volta che ti guardo, da quando esisti, non riesco a non pensare che te ti chiami così per mia sorella. Perché sei nata nove mesi dopo che lei è morta. Ecco. Io lo so che adesso mi innervosisco, e piango, e mi viene da urlare, e maledetta me, e piango. Perché cos'altro dovrei fare? Piangere.

Piangere, cristo.

Diciotto anni fa facevo pensieri del tipo: *Che destino di merda, un destino di dolore e lacrime.* Adesso non li faccio più, quei pensieri. Perché adesso non penso più un cazzo. Adesso il destino di cui parlavo diciotto anni fa è arrivato davvero, si è fatto reale: ed eccolo qua, è dolore, sì, ed è lacrime.

Che poi è pure un destino così comune, alla fine. Così banale, cazzo, niente di davvero drammatico: è il destino della maggior parte della gente. Ma quando lo vivi, porca puttana: quando lo vivi ti fanno ridere parole come "inferno", come "tragedia", come "crollo". Perché vivi in un inferno, che ogni giorno è una tragedia, che ogni giorno tutto crolla – e il mattino dopo però non ci sono macerie: ti alzi e tutto è ancora lì, e tu lo sai che crollerà, porco dio, crollerà, come ogni cazzo di giorno, e non puoi fare niente.

Non puoi fare niente.

Scappi da ogni versione di te stessa, da sempre.

È per questo che hai iniziato a mancarti così tanto.

E forse è per questo che ora questa nuova mancanza di te ti avvolge del tutto: sei niente, sei dissolta.

E non sai cosa fare.

Se non rovistare, con una luce tremante tra le mani.

Pezzo dopo pezzo, dare senso, trovare *un* – o *il* – perché.

«È un paese di merda. Terribile, davvero». Quante volte l'hai detto?

Eppure non sei mai scappata.

Avresti potuto. Non l'hai fatto.

Un paese che assomiglia a tuo padre: la pancia grossa di pigrizia e troppo cibo nervoso, un paese che dice sempre che sta lavorando, che sta producendo, che è in procinto di, ma che alla fine non fa niente. Un paese che ogni tanto ha qualcosa di buono: una bella luce sul lungomare, un tramonto da foto. E allora tutto va bene, e allora si resta qui. E allora tutto è in pace.

Un ricordare che è uno scavo, o un'immersione. Qualcosa che ti costringe ad andare giù, in un mare di nulla dove non si tocca.

Un ricordare che è un mettere in fila, un trovare un modo di respirare nuovo: un uscire da questo buio, dilatare la luce.

Tutto in pace e con la giusta luce.

Come quel pomeriggio.

La sagoma del cimitero, che si staglia in cima a una scalinata che sembra poter durare per sempre. Brilla: come se la pietra ingrigita fosse diventata d'un tratto un cristallo. In questo momento, in questa luce, in questo tramonto, il cimitero, nel quale non sei mai entrata e che hai soltanto visto da fuori, sembra messo lì per girare uno di quegli spot sontuosi pensati da tuo padre per valorizzare questo paese di merda.

Hai tredici anni e fumi da sei mesi. Dieci sigarette al giorno, almeno. Due prima di entrare a scuola, una durante l'intervallo, due all'uscita, tre il pomeriggio dalla Gabry (dove vai sempre con la scusa di confrontarvi sugli esercizi di matematica, e invece), due prima di dormire – abbarbicata sul terrazzo della tua camera, nel tentativo di non far entrare la puzza, come se fosse doveroso fare di tutto per non essere scoperta dai tuoi genitori, nonostante siano fumatori a dir poco incalliti e dunque l'aria affumicata permei costantemente ogni stanza. È per questo che tua madre e tuo padre non ti hanno mai detto nulla sulla questione sigarette. Puzzi di fumo, ma loro non se ne accorgono. Poi, una volta iniziato il liceo, non sai bene quando e come, avresti iniziato a fumare in casa davanti a loro, come se fosse il gesto più naturale, come se avessi fumato da sempre lì, sul divano, o a tavola dopo cena schiacciando il filtro sul fondo del bicchiere di plastica.

Quel pomeriggio hai ancora tredici anni, fai la terza media da nemmeno due mesi. Nel paese di merda il 2 novembre fa ancora caldo. Tu e tua madre avete indossato involontariamente dei vestiti quasi identici: entrambe una camicetta azzurra, entrambe dei jeans scuri, soltanto le scarpe sono diverse – tu un paio di Converse rosse, lei un paio di stivaletti neri.

Vestite quasi identiche ma diversissime nel corpo, mentre percorrete il viale del cimitero che sembra gettato in un sole opaco e al contempo accecante: lei i capelli già brizzolati in un caschetto mosso e disordinato, la sigaretta tra i denti, l'affanno grosso per le scale, zero trucco, gli occhi stanchi intrappolati in un castano spento; tu i capelli nerissimi lunghi fino ai fianchi, un'ennesima inutile caramella alla menta per nascondere l'alito di fumo, il respiro silenzioso davanti allo spettacolo delle tombe spaccate dalla luce, gli enormi occhi azzurri circondati da strati di matita e ombretto nero intenso.

Non parlate. Mezz'ora prima ha detto soltanto: «Io sto andando dalla zia. Tu vuoi venire?». Non te l'aveva mai chiesto prima. Il suo andare "dalla zia" ha sempre significato che avrebbe preso la macchina, sarebbe andata al cimitero e sarebbe ritornata a casa dopo poco. Sola. Sempre sola.

C'è molta gente. Il paese di merda si riversa quasi tutto al cimitero, il 2 novembre. Ma c'è silenzio. Anche i passi dei cittadini del paese di merda – solitamente chiassosi nel ciabattare lungo le strade che dalle loro case portano all'alimentari o alla chiesa – ti sembrano miracolosamente silenziati.

Voi camminate, ignorando i cenni del capo con cui i cittadini provano a salutarvi. Tua madre tira dritto veloce, uno scheletro nero tra quella distesa di tombe. Tu quasi le corri dietro, con la tentazione di urlarle di andare piano – e scatenare un ennesimo litigio, questa volta in uno scenario nuovo. Non lo fai. Perché quando finalmente vi fermate siete di fronte a uno spettacolo bellissimo e che fa male.

Senti qualcosa strisciare ai tuoi piedi.
Senti che trema.
Senti che è bianco, sommerso come te, più di te.
È mostruoso e bellissimo. Striscia e trema.

Come la tua voce che non è la tua voce.
Come la tua vita che non è la tua vita.

La luce vi prende di sbieco alle spalle. La lapide che spunta dal terreno fiorito è alta, bianca, di marmo lucido. Ai vostri piedi c'è una scultura, realizzata con lo stesso marmo. Un capricorno accoccolato. Mostruoso e bellissimo. Nella luce sembra poter strisciare. Sembra poter tremare.

Ti senti osservata.

Sorride. Incastonata al centro della grande lapide bianca. Sorride, guarda te, con due occhi identici ai tuoi. Uno spazio tra gli incisivi superiori. La testa rasata.

Era sempre stata "la zia". La zia morta, la sorella della mamma che non hai mai conosciuto. La zia che si chiamava come te. La zia Miriam. Non sapevi altro, non avevi mai chiesto altro.

Tua madre, litigando con tuo padre, dice sempre una frase, una specie di formula magica che mette fine a ogni insulto e ogni urlo: «Senti, coglione, non dimenticarti mai di mia sorella». Tuo padre rimane improvvisamente muto, si allontana, mentre tua madre scoppia a piangere. Quasi tutti i frequentissimi litigi tra i tuoi genitori si concludono in quel modo, con quella frase. Questa è una dinamica che ti causa un percorso mentale strano ma per te logico: qualcosa tra i tuoi genitori si è rotto, in passato, e tu sei stata concepita soltanto per provare a riparare i cocci orrendi delle loro vite.

Convinta di ciò, hai sempre odiato la zia Miriam. Di quell'odio mai davvero concreto che si può provare per qualcuno che non si conosce e di cui non si sa niente.

Ma vederla adesso, incastonata in una lapide, bloccata in un eterno sorriso dai denti larghi, cambia tutto. Non ti sei mai chiesta che aspetto avesse, la zia. A quanti anni e come fosse morta. Nella secca strana in cui si arenano già le tue giornate, per quella zia c'è soltanto lo spazio dell'odio – un'ennesima gradazione di un odio che senti di provare per troppe cose, per troppe persone.

Adesso, con il sole che ti scalda la spalla, mentre fissi gli occhi bianchi del capricorno steso ai tuoi piedi, hai voglia di sapere, di capire.

Sul marmo non c'è inciso il nome, non c'è la data di nascita, nemmeno quella di morte. Niente. Soltanto la foto. E una frase, piccola in un angolo della pietra.

SHE

WHO NEVER TOUCHES GROUND

«È una frase di una canzone del suo gruppo preferito. Fino a quando ha ascoltato musica, vabbe'. Poi ha smesso. Ma lasciamo stare».

«Quale gruppo?».

«Non so, non mi ricordo. Magari non esistono nemmeno più. Non li ho mai voluti ascoltare, non so che musica fanno. Non voglio sapere un cazzo».

«Quanti anni aveva?».

Le domande ti scivolano via dalle labbra con una voce apatica. La solita voce che assumi con tua madre, per non tradire nessuna emozione. Hai creato questo distacco del quale vai fiera. Un distacco ben consolidato, sia con lei che con tuo padre. Un distacco che, secondo te, va bene a tutti e tre. Niente contatto emotivo, nessun cedimento sentimentale. Tu sei imperscrutabile, loro sono imperscrutabili. Non lo sai come siete arrivati a questo punto. È come se fosse stato sempre così. Hai sempre creduto che molte cose iniziano non si sa quando e perché. Ce le si porta dietro e dentro per sempre. Anche quando pesano, anche quando ti piegano. Come in questo momento: non vorresti questa voce apatica, non vorresti questo metro e mezzo di distanza tra il tuo braccio e quello di tua madre. Non sai cosa vorresti, ma certamente non questo. Allo stesso modo non vorresti le risposte rapide e atonali di tua madre – un sacco vuotato malamente, una risposta di getto a domande che non fai, un ricapitolare il suo dolore che ti trascina nelle sue emozioni, un magma ghiacciato.

«Diciotto. È morta di parto. Così hanno detto». Lo sguardo immobile e spento. La faccia di sempre. La faccia triste. «Troppo sangue, hanno detto. O meglio, ha detto. Un uomo che è ancora vivo, un uomo che vive ancora lì dove lei è morta. Sì, perché lei non ha avuto diritto a un ospedale, no. Ha partorito in casa. E tutti zitti. L'unica a parlare: io. L'unica a urlare ero io. L'unica pazza ero io. Troppo sangue, hanno detto. Ha detto. Lui. E tutti zitti. Ed ecco qua. Hai visto? Ecco qua». Butta la sigaretta per terra, la schiaccia con la punta dello stivaletto. Il mento le trema impercettibilmente.

Non sei in grado di fare nulla. La guardi soltanto, per un attimo. Per poi tornare a fissare il capricorno. Tornare alla voce apatica. «Perché questa statua?».

Sospira. Con la coda dell'occhio le vedi fare una strana smorfia con la bocca. Forse un sorriso: un qualcosa a cui non sei abituata. Dalla tasca dei jeans tira fuori il pacchetto di Diana, ne accende una e sospira ancora, incrociando le braccia. Facendo di nuovo, per un attimo, quella strana smorfia. Forse un sorriso. «L'ho fatta scolpire io. Perché sapevo che le sarebbe piaciuta molto. Vabbe', era il suo segno zodiacale. Ma era ossessionata dai capricorni. Cioè, dalla figura, dalla metafora, non so come dire. Diceva che si sentiva così pure lei. Per metà capra, energica, che corre, con la voglia di scalare tutto, cose così. E per metà invece pesce, cioè, non so, spirituale, che andava in profondità, diciamo. Cioè, diceva che era il simbolo di Gesù Cristo, il pesce. Una cosa del genere. Insomma, hai capito. Poi, vabbe', la canzone, quella della frase che sta scritta lì, si

chiamava tipo *Un capricorno ai suoi piedi*, in inglese, una roba
così. Ma non mi ricordo più un cazzo, in realtà».

Consuma la sigaretta in poche boccate.

Ci sei tu.
Sei lì.
C'è un dolore immane.
Come se tutto resterà così per sempre.

Se tu potessi le chiederesti perché quella testa rasata. E
come mai ti ha portato lì. Se potessi. Ma non puoi: stai – incredibilmente – per piangere. Hai soltanto un'altra frase apatica da giocarti prima di arrenderti all'imminente nodo in
gola: tu, che della secchezza degli occhi e dello sguardo hai
fatto il tuo vanto e il tuo potere.

«Vabbe', io vado verso la macchina. Ti aspetto». Senza atten-
dere la risposta dai un ultimo sguardo alla fotografia: ricambi il
sorriso, senza volerlo. Poi trattieni le lacrime fino all'uscita. Scendi le scale singhiozzando. Il senso di colpa intimo e irrazionale
per aver odiato qualcuno di cui non sapevi assolutamente nulla.

Non era giusta quella tomba. Non era giusto morire a diciotto anni per un parto fatto in casa e trovarsi seppellita in
un cimitero di merda.

Non era giusto che tua madre ti raccontasse tutto, gettan-
do anche te nella melma di quel passato.

Striscia. Trema.
La luce.
Un – o *il* – perché.

Mentre sei in macchina provi a rimediare il trucco, ma è impossibile. Quando tua madre torna fa finta di nulla. Accende la musica e mette in moto. Senza partire. Alza il volume al massimo.

È la canzone che ti cantava per farti prendere sonno quando eri bambina. Cioè soltanto fino a sette anni prima.

Hai i brividi.

Non per la canzone.

E la menta caro mio non si trapianta,
chi esce dal mio cuore poi più non entra.

Il volume altissimo.

Dimmi, l'amore come si comincia?
Si cumincia cu' li soni e canti
e poi finisce cu' pene e tormenti.

Lo sguardo perso oltre il finestrino mentre un'altra Diana le si consuma tra le labbra.

Che l'uomo ti lusinga e poi ti inganna,
e mò che l'ho capita che cosa sei
*te lu libru d'amore ti cancellai.**

* R. Hasa e M. Mazzotta, *Libro d'amore*, dall'album *Novilunio*, Ponderosa Music & Art, Milano 2017.

Questa, in questo momento, non è tua madre.
E tu in questo momento, per lei, non sei Miriam.
Non questa Miriam.

«Tu mi vedi come una pazza, no?».
«Io... no».
«Sai cosa faccio, io? Tutto il tempo, dico. Sai cosa faccio?».
«Cioè... a casa, dici?».
«Io, tutto il tempo, aspetto che torna».
«Che torna la... la zia?».
«Ma nessuno torna mai. Nessuno torna mai. Che cazzo».

E non capisci *un* – o *il* – perché.
Di questa stanza che trema, di questa luce che trema.
Di questa te che vorrebbe tremare ma che è immobile.
Come se non potrà mai cambiare nulla.
Come se tutto resterà così per sempre.

Sbucci eternamente un mandarino. Tua madre, sul divano, la bocca semiaperta, intontita da non sai quali farmaci. Subisce le immagini di un film strano, una specie di documentario sperimentale. Un lupo viene chiuso in una gabbia nella quale, dopo un po' di tempo, viene introdotto anche un asino; il lupo affamatissimo vorrebbe mangiare l'asino, ma è come se si rendesse conto che forse ciò di cui ha bisogno è compagnia, non cibo; l'asino intanto quasi ignora il lupo, si guarda attorno e prova a capire la geografia della gabbia. Il film è tutto ripreso dalla prospettiva di una pulce, che in un angolo attende la sorte degli altri due animali per capire su chi potrà vivere la sua vita da parassita.

E non vuoi. Non vuoi che questo sia per sempre. Non vuoi più mancarti.

Ti avvicini alla sua gabbia.
«Puzzi di mandarino, lo sai che lo odio. Vai a lavarti».
Lo sapevi che odia quella puzza, è vero.
Intanto il film (o qualunque cosa fosse) è finito.
«Volevo sapere solo se stai bene».
«Perché non dovrei stare bene?».
«Non lo so, così in generale».
«Lasciami riposare, vai a lavarti le mani».
Ti allontani. Lasci la gabbia alle tue spalle. Non vai a lavarti le mani.
La voce apatica, dal divano: «Se ti importa qualcosa di me, non cercarlo mai».
Dovresti fermarti, tornare da lei, ascoltarla. Invece imbocchi il corridoio, vai verso la tua camera.
«Non è tuo zio. È un assassino». La voce apatica che però adesso trema. «E non lo conoscerai mai».

Torneresti indietro.

«L'ho giurato. Non ci credo a queste stronzate dei giuramenti. Ma questa cosa è diversa. Tu non lo devi mai conoscere».

La luce però trema.

«Altrimenti impazzirei. Morirei».

Qualcosa striscia.

Qualcosa trema.

«Se ti importa qualcosa di me, non cercarlo mai».
Resti ferma davanti alla porta. Una mano sulla maniglia. Lasci andare una frase: «A me importa, di te».
E sai che ti ha sentito. Ma non ti risponde. Parla, sì, ma parla a una parte di sé, una parte che è sepolta viva dentro di lei da anni: «Il corpo di mia sorella era pieno di colpi. Di frustate. La schiena, completamente devastata. Si fustigava, si puniva. O quel mostro la torturava, nel nome di quelle stronzate in cui credevano. E io non mi sono accorta di niente. Di niente. Succedeva tutto sotto i miei occhi. E io non mi sono accorta di niente».
Singhiozzi che in questa casa non avevi mai sentito.
E un percorso, nel tuo cuore, si disegna senza che tu te ne renda conto: un percorso che da *quella* Miriam porta a *questa* Miriam. Provi orrore, o forse è odio. Non lo sai. Ma sai che è rivolto a quell'uomo.
«A me importa, di te» riesci solo a ripetere questo, mentre abbassi la maniglia. Ti seppellisci nel letto con ogni tuo sentimento.

ANDREA

Ti hanno messa in questa stanza che è chiaro che non è la tua. Sembra una di quelle camere per gli ospiti, quelle che usano nelle case vecchie, quelle dove poi si metteva a dormire la zia anziana che viene da fuori paese, cose così. Tutta 'sta casa è una casa che, non lo so, so solo che sa proprio di vecchio. E in 'sta casa, in 'sta camera, che non è la tua, tu che cosa c'entri?

È una camera che si sente un odore di pulito finto, un odore che poi dopo un po' mi viene la nausea, e allora mi viene voglia di uscire dalla stanza ma finisce che mi scontro con l'odore delle altre camere: che in queste case vecchie c'è sempre tutto un odore di vestiti puliti e cose cucinate, di polpette fritte e di panni stesi in salotto, i panni, in salotto, che sennò sul terrazzo si prendono l'umidità del mare di fronte.

Non è la camera tua, questa, non può essere: l'avranno chiusa, la camera tua, rinserrata, come 'na specie di santuario, una specie di santuario che lo hanno preparato aspettando che torni – che me la immagino, la camera tua vera, me la immagino, piena di cose appese, di poster di gruppi, di foto di te con le amiche tue, di disegni magari regalati da qualche tizio artista di quelli che ti fermano a scuola, nel corridoio, ti guardano gli occhi, ma non ti guardano negli occhi.

Ti hanno messa qua solamente perché ci sono i due finestroni che si vede il mare, è chiaro, per forza, che secondo me è questo il ragionamento che fa la gente che vive in una casa così, da vecchi. Come se la vista del mare può tipo guarire, non so. A me 'sto mare grigio mi mette solamente voglia di andarmene via da 'sto paese. Non capisco come può essere 'na roba che aiuta una persona che sta male, 'sto mare: un pezzo di sabbia, un pezzo di acqua che sembra che non finisce mai, un'isoletta col faro in lontananza. Non lo so: come può guarirti 'sta roba? Non lo so: perché, Miriam, devi startene qua dentro, in questa stanza da zia anziana? A che ti serve?

Perché non ti alzi da quel letto?

Perché non ce ne andiamo via?

Scoppi a ridere, senza muoverti, la bocca chiusa: ma io posso sentirti, io posso vederti.

Mi sento una striscia nera che prende ogni pensiero e ogni parola, Miriam, e mi attorciglia tutto.

Non vuoi che ti amo. Vuoi che resto.

Io non lo so se ci riesco.

Nel tragitto dalla tua casa al santuario è come se sto immerso dentro una nebbia radioattiva. Faccio tutto in apnea, gli occhi fissi sul marciapiede invaso di residui grigi di gomme da masticare. I vecchi della piazza che mi guardano i capelli troppo lunghi con una cattiveria che nemmeno se fossi un assassino a piede libero. Le palme finte di corso Roma. Il vento assurdo che in via Lecce sparpaglia i sacchi della spazzatura accatastati vicino ai bidoni sbruciacchiati. Le case dei ricchi dipinte di mogano e porpora, mischiate alle case dei poveri tutte scorticate e con i panni stesi a bagnarsi di umidità.

Sollevo gli occhi solamente quando arrivo a costeggiare la superstrada. Quando i negozi di scommesse e i parchi con gli alberi scheletrici finiscono. Quando ci sono solamente gli ulivi distanziati secondo qualche logica precisissima, e i muri a secco pieni di lattine di birra arrugginite conficcate, e non c'è più un marciapiede ma solamente una terra rossa che è sempre o troppo secca o troppo fradicia.

E il santuario che sorge, che sale dalle viscere del terreno, in mezzo a un uliveto immenso, come le case delle streghe nei boschi delle favole.

«Mi presti la macchina?».

«No» dice, senza smettere di masticare la scapece, piccoli pesci luccicanti immersi in un intruglio di aceto, olio e zafferano.

La risposta che mi aspettavo. L'ultima volta che me l'ha prestata è stata quella sera. E il mattino dopo gli ho raccontato di te, di noi. E lui è impazzito di rabbia, ha infilato le mani in uno dei tabernacoli del santuario, ha preso un'ostia, l'ha sbriciolata e ne ha cosparso i pezzi sui sedili dell'auto. Poi mi ha minacciato. «Se continui a vederla dovrai rinunciare a me. E il Male si scatenerà contro di te, ti scaraventerà sul muro della vita, ti renderà polvere».

«Voglio andare al Baby Lone, dai. Ne ho bisogno. Bere una cosa in un posto che non sia quella cazzo di casa con mia madre che fa il cadavere indecomposto sul divano».

Afferra il tovagliolo di stoffa, ricoperto di macchie giallastre, se lo strofina rapidamente sulle labbra, che restano unte. «Ti ho detto mille volte di non parlare così di tua madre».

«Per favore, ti faccio il pieno».

«La macchina non ce l'ho. Sta a riparare, si era rotta. Dici che hai bisogno di bere lontano da casa? Ecco qua, siediti». Allontana il piatto con gli ultimi residui di scapece, allunga una mano sotto il tavolo e afferra una bottiglia.

Non so com'è, forse perché lo benedice, ma il vino santo che fa lui te ne bevi litri e non ti stordisce – poi, dopo, prendi sonno, e dormi bene. Lui lo beve dalla mattina alla sera, ma non come quelli che stanno tutto il giorno ubriachi: un sorso, lui, un sorso ogni tanto, tutto il giorno. La mente gli funziona bene, dice. Vede tutto chiaro, vede tutto meglio, vede quello che gli altri pensano che non c'è – e invece c'è, l'*altro*.

Stare seduti, nel santuario, con i bicchieri che macchiano un po' l'altare di marmo: è bello – e vorrei che non lo fosse, vorrei non avere bisogno di questo stare seduti nel santuario. E invece, ancora, di nuovo, come ogni giorno, gli occhi suoi nerissimi che mi guardano come se riescono ad aprirmi la testa e vedere cosa cazzo c'ho dentro. Nel santuario, nel profumo dell'incenso aromatico, nel bianco sporco dei muri tappezzati di oggetti sacri, di foto di persone salvate dal Male, nell'enormità di un posto che sembra che l'ha costruito Dio scendendo in Terra per comporre *il* posto, il luogo dove viene a incanalarsi tutto il Male, il posto, l'unico luogo dove tutto il Male può essere curato, estirpato, cacciato.

C'è molto vento. Si sentono gli ulivi che sbattono le foglie. Si sente la mareggiata, che da qui è lontana, ma che è così forte che l'acqua sembra urlare disperata e roca.

Beve un sorso lunghissimo, schiocca la lingua: «Qual è stato, finora, l'esorcismo che ti ha colpito di più?».

Afferra la bottiglia, riempie il bicchiere – io il mio lo stringo, fisso il rosso del vino e penso a quel mattino, io e lui che suonavamo, la canzone era *Libro d'amore*. A un certo punto sentimmo una voce femminile urlare, fuori dal santuario. Siamo corsi fuori, c'era una donna bianchissima, con in braccio una bambina ancora più bianca che sembrava morta, i capelli biondi che ciondolavano toccando quasi terra. «Aiutala, papa Nanni! La devi aiutare!». Prendemmo la piccola, la stendemmo sull'altare dove ora stiamo bevendo. Per non so quanto tempo papa Nanni girò attorno a lei, suonando il tamburello in un ritmo che ancora adesso lo riesco a sentire come se mi è entrato dentro il petto per sempre. La bambina sbatteva, scalciava, le narici bianche e dilatate, una specie di raglio le usciva dalla bocca. Io e donna Arianna le tenevamo le braccia, ed era difficile, perché era fortissima, di una forza che non può avercela una bambina così piccola. Poi il suono del tamburo cessò di esistere: c'era solamente un urlo orribile, mostruoso, che usciva dal corpo della bambina. E poi silenzio. «È andato via» disse lui guardando negli occhi donna Arianna, prima di crollare su una sedia.

«Quello che mi ha colpito di più penso che è stato l'esorcismo della Marta, la figlia di donna Arianna».

Gli occhi gli si illuminano, annuisce e passa una mano sul marmo, come se lo sta pulendo da una polvere che non c'è. «Oh, sì, sì. Davvero un esorcismo difficile. Il Male, in quel sangue, scorre da troppo tempo. È una metastasi».

«Però tu l'hai liberata».

«Grazie a te».

«Io non ho fatto niente».

«Tu eri lì».

«E quindi?».

«Tu sei una persona buona. La tua bontà ha richiamato Dio, la Sua pietà».

Bevo tutto il vino in un sorso. Alzo gli occhi al cielo mentre lo sento scendermi dentro, con una specie di calore che mi fa pensare che niente andrà male, mai più. «Non lo so se sono una persona buona. Ho abbandonato la ragazza che amo più di me stesso».

Mi aspetto che ricominci con i discorsi sul Male, sul fatto che è sua nipote e lui sa cose che io non so. Mi aspetto di dovermi di nuovo incazzare, e poi di nuovo piangere, e poi di nuovo andarmene via e poi di nuovo tornare qui come se nulla fosse.

Non succede, però.

«In un certo senso siamo uguali io e te. Anche io ho amato una donna in un modo che neanche il più sacro dei libri potrà mai spiegare. L'ho amata ignorando che quell'amare corrisponde al Male. Dio me l'ha portata via. Per il mio bene».

«Ma perché dici che corrisponde al Male?».

«Se non fosse così, perché mai Dio avrebbe deciso di portarmela via?».

«Nanni, non ha senso...».

«E qual è il senso, allora? Il caso? Il caos delle esperienze che viviamo?».

Non so rispondere. Parlare con lui è tipo quando giochi a scacchi, ma con qualcuno molto più bravo di te. Lui riesce ad avere una visione della scacchiera completa, su ogni pezzo e su ogni ipotesi di giocata. Io no. Io mi concentro sui miei pezzi. Minuscolo, davanti al suo parlare maiuscolo: «Qual è il senso, allora?».

Mi adatto, ogni volta: a lui, alla sua scacchiera. E mi scoppiano le parole nella testa, ogni volta. È troppo, ogni volta. Mi adatto, mi riparo – ed è come se capissi, come se vedessi più chiaro, in una visione delle cose che sembra assurda ma che invece, non so, funziona, in qualche modo, cazzo, funziona: «Il Male si tramanda, si travasa, con il sangue. Vero? Come per la famiglia di donna Arianna».

«Esatto». Sorride come non lo vedevo sorridere da tempo. Mi riempie di nuovo il bicchiere.

«Ma l'amore è più forte del Male. No?».

Il sorriso non gli si spegne. Non dice niente. Non diciamo niente, per un sacco di tempo.

Io intanto penso a quanto sia incredibile che uno come me possa avere così tanta fede in Dio. Non so se credere in questo me che crede in Dio.

Penso a quanto sia assurdo che uno come me possa cercare vita in un qualcosa di ulteriore, qualcosa che sta lì, ma lo puoi solo *percepire*.

Il Male invece lo puoi *esperire*, eccome. Così dice papa Nanni. E papa Nanni dice pure che Dio è *l'amore*, mentre invece quello terreno è *un amore*. Dice che è per questo che un amore terreno fa soltanto male: perché non lo si può percepire, lo si può soltanto toccare, vedere, fare.

Penso che il mio, se tu non ti svegli, Miriam, è un amore che si può soltanto percepire. Non toccare, non vedere, non fare. Un amore che non tocca mai terra. Se non ti svegli. Penso.

«È passato meno di un mese e già dimentico la sua voce. Mi manca già più di quanto mi sia possibile ricordarla».

Versa l'ultimo goccio dividendolo tra il mio e il suo bicchiere.

«Niente al mondo è fatto per rimanere. Niente al mondo è fatto per ritornare. Scoprire questo significa soffrire».

Ci guardiamo. Come se fossimo l'uno lo specchio dell'altro.

«Così si impazzisce».

Alza un angolo della bocca in una specie di sorriso.

«Sì. Così si impazzisce».

GIOVEDÌ

✝
✝

«C'è una cosa strana. Assurda, anzi».

Cioè?

«Che sto bene. Qui, dico. Ora. Con te. Quasi mi vergo-gno a dirtelo. Che tu stai così, lì, in 'sta specie di limbo. E però io sto bene. Sai perché? Perché riesco a parlarti. E pri-ma, invece, quando eri sveglia, quando eri fuori dal limbo, io mica ci riuscivo bene a parlarti».

Voglio che mi parli anche quando non sono più qui, in que-sto limbo. Voglio che mi parli anche quando sono viva, viva davvero.

«Che poi cosa significa essere vivi *davvero*?».

Significa che non hai paura di parlare a qualcuno che ti piace. Significa che non temi di dire qualcosa di sbagliato.

«Io allora sono vivo davvero solamente adesso. Qui, con te. E questo vivere davvero voglio che dura per sempre, però. Per sempre, con te che ci sei, che ti muovi, che mi guardi con quegli occhi lì che...».

Non sei mai stato vivo davvero.

«No, non penso. Mi sono sempre nascosto, diciamo, tipo però nascosto dietro un dito. Le parole degli altri, per esempio, sono sempre un dito dietro il quale mi nascondo. Non so se mi spiego».

Sì.

«Però mò voglio che le parole mie non ti manchino mai. Le parole vere, però. Non quelle finte, non quelle di quando faccio finta di essere qualcun altro, o quelle dei libri».

Le tue parole. Non voglio che mi manchino.

«No. Prenderò bene la mira».

Cretino.

«Sei bellissima quando ridi».

Come fai a parlare con le persone? Come fai a rimanere sempre nascosto?

«A mia madre leggo poesie, per esempio. Perché quando ero bambino lei mi leggeva poesie. Non ascolta quasi niente. Ma le piace un romanzo in versi, che la protagonista si chiama come lei, *La ragazza Carla*. Le piace la parte in cui le leggo: "Tira il collo all'indietro. Ed ecco tutto".* Appoggia la testa sullo schienale del divano, nel punto dove c'era la testa morta di mio padre. Sorride, dice che se si concentra sente l'odore del suo sangue. Dice che le piace. Dice: «Ed ecco tutto».

* E. Pagliarani, *La ragazza Carla*, Mondadori, Milano 1964.

Le vuoi bene?

«Da quasi dieci anni non riesco a capire se provo qual-cosa per questo cadavere indecomposto che è diventata: da quasi dieci anni le cerco negli occhi qualcosa – non trovo niente, non riesco ad ammettere che non c'è niente».

Fa male.

«Sì».

Eh, scusa se piangu cusì, scusa. Non lo so, non lo so, piccinna mia. Iou non lo so.

Certe volte, piccinna mia, 'sta cosa mi pare che è 'n'opera del diavolo.

Certe volte iou mi sentu come se tengo dentru un malesangue. Un sangue cattivu che mi gira dentru.

E mò ti dicu puru 'n'altra cosa: a me me pare che è comu se pure tua madre tiene dentru un malesangue.

E allora certe volte pensu che è comu se tuttu 'stu malesangue mò te lo abbiamo passato a te, piccinna mia.

E facciu pensieri strani, brutti, mi viene di pensare come se mò questa cosa del coma è la punizione che ci tocca perché ti abbiamu passatu lu malesangue nostru. Certe volte iou pensu puru a 'ste cose, mannaggia mia. Mi sentu come se tengu lu cervellu distruttu.

E tengu 'na paura, tengu 'na paura, piccinna mia. Perché ormai la mamma tua non stae bona. Lei è stata sempre, tutti 'sti anni, lei è stata la cosa più forte della vita mia. Senza lei qua crollava tuttu, secondu me. Che sì, te sicuramente l'hai vista sempre fredda, mai un baciu o 'na carezza, lo so, lo so. Però lei ti vuole un bene gigantescu, iou lo so: pure che non lo dice mai, iou lo so.

E senza di lei, che è stata capace di tenere in manu 'sta famiglia e 'sta casa, iou senza di lei mò mica ero sindacu. Veramente dicu. Magari a te ti è potutu sembrare che iou e lei non ci amiamo, che siamu comu quelle coppie di certi film ca stannu insieme ma senza che si amano. E iou non lo so se non ci amiamu. Non lo so.

So sulamente che però te ti amiamo, sempre, piccinna mia. Veramente. Te sei la cosa più bella che tengu, co' quegli occhi grandi grandi, quelle manine belle che tieni, bianche bianche, e quelle guancine che quandu ridi ti vengono le fossette. Piccinna mia. La cosa più bella della vita del papà tou sei te... ti vogliu abbracciare comu quandu eri piccola, che ti buttavi sopra a me mentre stavu sul divanu, venivi correndu e saltavi sulla pancia mia, e mi baciavi tutta la faccia, e iou puru ti baciavu tutta la faccia. Iou non so se te le puoi ricurdare certe cose. Ma mò che ti svegli, piccinna mia, iou voglio di nuovu baciarti tutta la faccia. Perché iou, mò, non sto capendu che cazzu sono, iou: dentru 'stu mondu, dicu. Iou non mi sono sentitu mai "sindaco", mai "marito", mai "fratello": iou mi sentu "papà", e basta, da quando te sei nata. E mò, se iou non possu fare il papà, iou è comu se sono mortu... piccinna mia... la faccia, tutta di baci te la riempiu, appena ti svegli...

Ma mò tengu paura. Tante paure, anzi. Non stae bona, la mamma tua. Quegli occhi aperti strani che tiene, come se sono gli occhi di 'n'altra... e iou mi sentu come se puru gli occhi miei sonu strani, strani, ogni giurnu più strani, 'sti occhi miei... ogni volta che me li guardu, ogni volta che guardu lei, ogni volta che ti guardu te... gli occhi strani... iou se mi guardu allu specchiu non mi riconoscu, piccinna mia... iou tengu paura, piccinna mia... Non riescu mancu a spiegarmela bene, 'sta paura. Certi momenti mi pare che è la paura che nienti torna mai più comu era prima. Comu se tengu la sensazione che il mondu di quandu eri sveglia non esiste propriu più: basta, finitu, tuttu persu pe' sempre. Comu il mondu di quandu iou e la mamma tua ci volevamu bene, bene davveru: quellu mondu me pare finitu, persu pe' sempre. Luntanu mille anni, ormai. Mi pare propriu comu se è la vita di 'n altro, la vita di unu che non sono iou, di una che non è la mamma tua. La vita di quandu tenevamu tutta 'na serie di cose piccole nostre, tipu segnali che volevano dire che ci volevamu bene. Che per esempiu lei mi faceva sempre lu nodu alla cravatta, senza che iou chiedevo nienti, lei veniva, me l'aggiustava, faceva un bellu nodu strettu strettu comu si deve. Poi ha smessu, non so mancu perché, o quandu, ha smessu. Lu nodu alla cravatta, mò, ogni volta che me lo facciu, iou mi sentu nu pocu triste, infatti. Oppure, per esempiu, la dumenica mattina, sin da quandu eravamu fidanzati, iou alla mamma tua le portavu i pasticciotti dellu bar Artigiana, che lei impazziva pe' quei pasticciotti. Poi ha cuminciatu a non mangiarli più. Diceva ca li mangiava, ma iou li trovavu dentru la spazzatura. Poi 'na volta me li ha lanciati in faccia, li pasticciotti, che mò non mi ricordo perché si era arrabbiata. Però poi non li ho presi più, li pasticciotti, dopu quel fattu. E le cose comincianu a cambiare cusì, senza che te ne accorgi. No? Comu iou e te, che a un certu puntu iou non sapevu nemmenu se stavi in camera tua, non sapevu nemmenu se mangiavi, se alla scuola andava tuttu bene. E mò iou non so: quandu è successu che iou e te abbiamo finitu puru di guardarci in faccia? Le persone, cusì, è comu se si sbriciolanu. Pianu pianu. Unu vive pe' anni come se tuttu sembra che può rimanere uguale, bellu, pe' sempre. E 'nvece poi, giornu dopu giornu, pianu pianu, arrivi a nu puntu che le cose scoppiano. E nienti è più comu prima, poi, dopu che le cose scoppianu.

Li morti mei... li morti mei... è che ho fallitu, iou. Sì. Ho vintu elezioni, ho guadagnatu soldi, rispetto, potere. Ma comunque ho fallitu. Ho persu tuttu quellu che poteva dare veramente sensu a 'sta vita.

Ho persu te.

Ho persu la mamma tua.

Ho persu la parte migliore che potevu essere.

E la so, 'sta cosa. La so. Non da mò, ma da anni ormai.

E faccio di tuttu per non salire all'ultimu pianu dellu comune e buttarmi te sotta, piccinna mia.

Faccio di tuttu. Tutti i giorni.

Iou non sono niente, mò: è comu se sto dentru 'na guerra, ma senza armi. Perché l'arma mia eri tu: sapevo che c'eri te, la piccinna mia, che stavi crescendo, e chissà quante soddisfazioni mi dava, la piccinna mia, mò che cresceva.

Co' quelle guance, co' quelle fossette quandu ridi... piccinna mia...

Ma perché devi stare cusì? Non lo vedi che il mondu è bruttu propriu senza le risate tue? Senza le fossette, senza gli occhi tuoi tutti aperti mentre ridi... perché il mondu mò dev'essere cusì bruttu, piccinna mia?

Scuseme... scuseme, piccinna mia...

Vedere lu papà tou che piange cusì... che vergogna... scuseme...

Che vergogna...

Scuseme...

C'è un pensiero: *E se rimanessi qui? Per sempre. Nel tepore, nella sommersione, così, sfumata, in un niente profondissimo dove non si tocca mai. Non ti andrebbe bene?*
Perché ritrovare i pezzi?
Perché fare luce e ricostruire?
Perché capire un – o il – *perché?*
Lo insegui.

«Voglio soltanto capire, mamma».
«Non c'è un cazzo da capire. Smettila. Smettila. Mi fai impazzire. Ti prego. Smettila».

C'è un motivo: c'è qualcosa – o qualcuno – lì fuori.
Che ti aspetta.
Che hai aspettato per tanto tempo.
Ed è lì che vuoi tornare.
E se rimanessi qui?
La luce smetterebbe di tremare. Si spegnerebbe.
Saresti tu da sola con il tuo niente.
Nulla da ricostruire, nessun perché.
Come in una purificazione, come in un rituale, andrebbero a fuoco le cose che pensi, tutto il tuo ricomporre e ricordare. Perché in te tutto è sempre stato così rotto?

«Io voglio conoscerlo».

«Ho sbagliato a parlarti di lui».

«Perché non lo posso conoscere?».

«Il cervello di merda che mi fa dire certe cose, porca puttana».

«La Gabry dice che mio zio è uno che fa cose strane, una specie di mago, che sta da quella parte a Santa Venardìa, in mezzo ai campi».

«Non è veru».

«La Gabry dice che il ragazzo nuovo, quello strano, quello che a scuola c'aveva gli attacchi epilettici, è guarito grazie a lui, grazie a una specie di esorcismo».

«Ti ho detto basta. Porca puttana. Sei cretina? Non devi rompere i coglioni con queste cose. Hai capito? Fai quello che cazzo vuoi, ma non metterti in mezzo a questa cosa. Hai capito?».

A quindici anni, la notte di Capodanno del 2004, sei rincasata alle sette del mattino. Avevi disertato il "cenone" (la solita faraona stopposa cucinata svogliatamente da tua madre, masticata eternamente da te, divorata da tuo padre davanti a un Carlo Conti che in televisione annuncia cantanti tremendi, per poi andare a dormire intorno alle undici per evitare l'imbarazzo degli auguri che a tutti e tre sembravano un'allarmante presa per il culo), uscendo dalla finestra della tua camera per andare, senza chiedere alcun permesso, a un concerto dei Moonspell al Satura, un live club famoso, a una quindicina di chilometri dal paese di merda.

Ci eri andata da sola. A piedi. E a piedi eri anche tornata, costeggiando la superstrada semideserta, in lontananza l'interminabile sequenza di fuochi d'artificio, botti ed esplosioni.

Quel camminare di notte, con quei rumori distanti attorno, un'auto che ogni tanto passa e forse ti scambia per un fantasma: credi di essere stata poche volte così bene, così esattamente dove volevi essere – fuori da ogni possibilità di mondo, dentro ogni possibilità di morire.

E mentre cammini da non sai quanto, vedi una casa, illuminata da fuochi, gente, tanta gente attorno, una festa, una delle tante feste in questo Capodanno che tutti festeggiano, una casa, tra gli scheletri d'ulivo ghiacciati, al di là del guardrail, vicina al guardrail, con i fuochi che illuminano la terra che è una poltiglia di nevischio e fango, la terra calpestata da donne e uomini e bambine e bambini che si muovono lenti attorno alla casa, in silenzio, nel silenzio della statale nessuna voce, soltanto il suono ossessivo di qualcosa, un ritmo ossessivo di qualcosa, non capisci, ma sei ferma, rapita, incantata, spaventata, non ti chiedi nulla, scavalchi il guardrail, non ti chiedi nulla, affondi i piedi nel fango e nel nevischio, i fuochi, le persone, il suono ossessivo, una figura che esce dalla casa, è alta, è lunga, è nera, è bianca, si muove strana, ha in mano qualcosa, picchia su quel qualcosa, picchia ed esce un suono, picchia ossessivo su quel qualcosa, è un tamburo, lo vedi meglio, ti avvicini, la barba lunga e bianca, i capelli lunghi e bianchi, il suono ossessivo, il tamburo, non ti chiedi nulla, affondi i piedi nel fango e nel nevischio, il suono, il tamburo, si fermano, tutto si ferma, si fermano le persone, si ferma il suono ossessivo, ti fermi anche tu, si ferma la figura, si fermano i suoi occhi, neri di un nero che hai visto soltanto un'altra volta, neri, si fermano i suoi occhi nei tuoi occhi, e non puoi farcela, non ti chiedi nulla, chiudi gli occhi, corri.

Esausta, con il sole ormai sorto alle spalle, quasi non ti sei accorta che davanti al viale di casa c'era parcheggiata un'auto della polizia municipale. Quando hai aperto la porta c'erano, seduti al tavolo da pranzo, tuo padre e tre vigili. Tua madre stesa sul divano, una sigaretta accesa, il posacenere appoggiato sulla pancia.

Davanti a quei tre sconosciuti tuo padre ti ha colpito in faccia con uno schiaffo preciso e potente – il primo e ultimo di sempre. Nessuno ha detto nulla, mentre sentivi un rivolo di sangue caldo scivolarti lento dal naso al labbro superiore. Per alcuni momenti siete rimasti tutti immobili, fino a quando tua madre non si è alzata dal divano facendo cadere per terra il posacenere pieno. Mentre lei – un fantasma in camicia da notte – attraversava il corridoio per andare di nuovo a seppellirsi nel letto, i tre vigili si sono alzati in piedi senza dire nulla.

Tu continuavi a guardare negli occhi tuo padre. Lui sosteneva il tuo sguardo, due pugili al centro di un ring pochi attimi prima di un incontro. Non vi eravate mai guardati così.

Soltanto quando avete sentito la macchina dei vigili allontanarsi ti ha chiesto: «Perché nemmenu 'na telefonata?».

Tu hai risposto soltanto: «Non potevo. Non ho portato con me il telefono».

La faccia di un uomo sconfitto, consapevole che nulla mai cambierà. «Speru ca almeno ne è valsa la pena».

In quel momento hai deciso che quello schiaffo, pieno di frustrazione e dolorosa preoccupazione, lo rendeva un uomo un po' meno insignificante ai tuoi occhi, e per questo degno di una spiegazione, seppur minima: «Era un concerto. Al Satura. Sono andata da sola. A piedi. E sono pure tornata da sola. A piedi. Non ho bevuto, non ho fumato erba, non ho fatto sesso».

Ha staccato finalmente il suo sguardo dal tuo. Con i pollici si è strofinato le occhiaie. Ti ha fatto una specie di tenerez-za strana che avresti preferito non provare. Trascinando i piedi verso la mensola dei liquori ha mormorato: «Vatti a riposare».

I fuochi, il nero, gli occhi, il suono ossessivo, i fuochi, le per-sone, il nero, il fango, gli occhi, il nevischio, il suono ossessi-vo, i fuochi, le persone, la barba, il nero, il fango, il tamburo, gli occhi, il nevischio, il guardrail, il suono ossessivo, gli ulivi ghiacciati, la casa, i fuochi, il nero.

«Perché non mi hai detto che quello che fa il santone è tuo fratello?».
«Lassa stare, non è 'na cosa importante».
«Come fa a non essere una cosa importante?».
«Iou e la mamma tua abbiamu decisu che non vogliamu averci a che fare».

Senti qualcosa strisciare ai tuoi piedi.

«Con tuo fratello?».
«*Shhh!*».
«Per la cosa che è successa alla zia?».
«Lassa stare, pe' favore. La mamma tua, se ti sente, 'mpaz-zisce. È 'na cosa mia e sua e basta, lassa stare».

Trema. Ti sfiora.

«Mi ha raccontato della zia Miriam».

«Lassa stare».

«La Gabry dice che il ragazzo nuovo, quello strano, quello che a scuola gli vengono gli attacchi, è guarito grazie a una specie di esorcismo. E la Gabry mi ha detto che quell'esorcista è tuo fratello».

«'Sta cazzu te Gabry...».

Trema.

Come la tua vita che non è la tua vita.

«Dimmi la verità e basta. È un buco, 'sto paese, non puoi mica pretendere che le persone non mi parlino di certe cose».

«Se ti dicu che non ti devi interessare è cusì e basta. Va bonu? Basta. Lassame in pace».

Hai raccontato alla Gabry ciò che hai visto durante quella notte di Capodanno. «Eh, sì, fanno cose tipo esorcismi, lì». Per lei era una delle tante caratteristiche senza forma e senza volto del paese di merda.

«Ma è il fratello di mio padre, quello. Me l'hai detto tu».

«Non è che te l'ho detto io. Tutti lo sanno». Ormai fumava erba in quantità incredibili. Gli occhi sempre rossi.

«Eh, e io non so niente, di 'sto zio. I miei non mi dicono un cazzo, fanno come se non esiste».

«E tu fai così. Sarebbe bello se si potesse fare finta che non esistono un casino di cose e di persone». Intanto allungava il braccio per premere il tasto PLAY sullo stereo. Aveva iniziato ad ascoltare questa robaccia commerciale e tu dovevi dire cose tipo: "Ah sì, bella questa" mentre lei girava una canna e indicava le casse da cui uscivano le note becere di *Enter Sandman* dei Metallica o *Walk* dei Pantera. Che poi si arrivava sempre al punto in cui lei ti chiedeva di consigliarle qualche gruppo. Tu le parlavi dei Katatonia, dei Sentenced, degli Agalloch. A volte le facevi anche ascoltare qualcosa. Ma lei dimenticava sempre tutto.

Nessuno torna mai.

Adesso è partito *The great cold distance*, lei dice che è un album figo, un po' triste, però figo – mentre si stende sul letto, abbraccia il cuscino.

Le guardi gli occhi socchiusi, le palpebre che sembrano un guscio di noce. Le labbra rosa, piene. I polsi carichi di braccciali. Lo smalto nero alle unghie dei piedi.

Hai bisogno di dirle una cosa.

«Dormi?».

«No. Quasi».

«Ho letto una roba in un libro».

«Mmmh».

«Tipo che l'amore dovrebbe essere *produttivo*. Non solo *riproduttivo*».

«L'amore?».

«Eh».

«È un casino».

«Infatti».

«È meglio che non ci pensi».

«All'amore?».

«Mmmh».

«No, vabbe', ma io non ci penso. Era per dire. Non ci penso, in realtà».

«Brava».

Poi restate in silenzio. La guardi prendere sonno con la canna accesa in mano, gliela sfili dalle dita, la spegni nel posacenere straripante. Ti alzi per andartene. E le vuoi bene. Anzi no: vuoi il suo bene – perché sai che è anche il tuo.

Vuoi tornare.
Tu vuoi essere quella che ritorna.

Sei ferma, la mano sulla maniglia della porta della sua stanza. Lo sguardo ti si è fissato sul muro alle spalle del letto. Tra le immagini sgranate di James Hetfield, Kerry King e Ville Valo, appiccicata malamente con un pezzo di scotch c'è una vostra foto di tre anni prima. L'aveva scattata tuo padre, eravate in auto, sedute vicine sui sedili posteriori. Dormivate abbracciate. Eravate di ritorno da una vacanza di alcuni giorni alle Eolie, durante la quale vi eravate tagliate entrambe un dito, per fare un patto di sangue come avevate visto chissà in quale film. Amiche per sempre.

Guardi quella foto e ti rendi conto che eravate bellissime. E felici: una felicità che in quel momento riesci a ravvivare perfettamente. Una felicità che non riesci a sopportare. Perché è una felicità bloccata in una foto sbiadita.

E hai la sensazione tremenda che è lì che vorresti tornare: in quella foto – e lì rimanere.

La sensazione tremenda di aver capito. Che può capitare a ogni vera felicità, alla fine, di rimanere incastrata in una foto sbiadita – senza potersi muovere, senza potersi ripetere.

Senza poter ritornare.

«Te ne stai andando?».

«Sì, vado a casa, Gà».

«No, resta qui».

«Non posso, dai».

«È l'ultima volta».

«Di cosa?».

«Domani me ne vado».

«Come? Dove?».

«Mio padre lo hanno trasferito».

Non sai bene come fare a deglutire. Ti avvicini al suo letto.

«Che cazzo dici?».

«A Bologna, dove ci sono tutti i parenti nostri».

«Ma per quanto?».

«Eh, boh. Per sempre».

«Vabbe', ma... mi vuoi spiegare, porca troia?».

Si mette a sedere sul bordo del letto, afferra il cuscino, comincia a stropicciarlo.

«Mi mettono a studiare in 'na specie di collegio, con le suore».

«Ma da quanto la sai 'sta cosa?».

Colpisce il cuscino con dei pugni deboli, come se lo stesse impastando.

«Da quanto la so? Boh... mica è importante».

«È importante invece».

«Poi torno, comunque».

Le strappi il cuscino dalle mani, lo lanci via. Le cerchi gli occhi, ma non li trovi. Sono due noci chiuse, chiuse che non si possono aprire, quegli occhi.

«Io non capisco cosa cazzo c'hai nel cervello».

«Ehi, statti calma».

Ha lo sguardo fisso su un punto del pavimento. Con l'alluce del piede destro è come se toccasse qualcosa. Come se provasse a schiacciare un porcellino di Sant'Antonio.

«Vaffanculo».

Afferri la maniglia della porta della sua camera come se fosse un'arma.

«Ma che cazzo ti prende? Dove vai?».

«Dove vado? Dove vado io? Cazzo! E tu? Dove cazzo vai tu?».

«Ma calmati, dio cane. Guarda che poi torno».

Finalmente le noci aperte. Quel ripieno di miele splendido, liquido, pronto a farsi lacrime.

«Ti odio, faccia di merda».

«Miriam. Miriam! Dove cazzo vai? Aspetta!».

Sei l'emergere. Sei il sommergere.
Sei stanca.
Sei l'attesa. Sei la rabbia.

Tu eri lì, ma per tuo padre, lì di fronte a te, era come se non ci fossi. Parlava a tua madre, le guardava gli occhi spenti. «La piccinna vuole sapere. Capisci? Perché ti ostini co' 'sta cosa, Mara? Più nascundiamu, più lei vuole sapere. Non possu almenu spiegare quacchecosa? Non è possibile continuare cusì, Mara. Lo sapevi puru te ca prima o poi...».

Tua madre aveva la testa tra le mani, abbandonata sul divano come un corpo ferito.

Tuo padre una mano nella tasca della vestaglia. Con l'altra mano reggeva un bicchiere pieno di qualcosa.

Tua madre poi era improvvisamente in piedi.

Sei la vita che fa cose che non vorresti.
Sei la luce che trema, sei tu.
Sei le ultime volte, sei le ultime parole.

Guarda il marito dai piedi alla fronte per una serie di secondi lunghissimi. Poi, senza energia gli mette le mani al collo. Stringe.

Tuo padre, con una mano sola, la allontana spingendola forte, facendola cadere ai piedi del divano.

«Scusa. Mara. Scusa, scusa».

Tuo padre lascia il bicchiere sul tavolo, si inginocchia davanti al corpo accartocciato di tua madre, con le mani che provano a toccarla ma non osano, come se quel corpo non fosse di sua moglie ma di una qualche creatura strana, nuova, spaventosa, selvaggia, pericolosa. E tua madre – strana, nuova, spaventosa, selvaggia, pericolosa – ha gli occhi animali e rossi, e sputa in faccia a quell'uomo che non osa toccarla, quell'uomo che allora si solleva, si trascina verso il divano, ci si abbandona con la testa tra le mani, nella stessa posizione della moglie pochi attimi prima.

C'è silenzio.

Sembra tutto un replay, sembra tutto lontanissimo.

Tu prendi il bicchiere lasciato lì da tuo padre. Lo avvicini alle labbra, il whiskey puzza. Rischi un conato. Ma invece bevi, in un sorso.

Brucia.

Tua madre ti guarda. Sollevata sui gomiti, stesa a terra tra il divano e il tavolo da pranzo. Strana, nuova, spaventosa, selvaggia.

Pericolosa.

Come te.

Brucia.

Ti guarda, tua madre, mentre posi il bicchiere. Una lacrima le scivola rapida fino al mento.

Ti manchi come se ti stessi dissolvendo.

La terra lontanissima.

C'è silenzio, in quello spazio enorme tra te e lei, tra il tavolo e il divano, tra la vita prima e quella dopo.

Mentre la luce è sempre meno e trema sempre più, capisci.
Ricomponi.
Ti capisci.
Ti ricomponi.
Vuoi vivere. Come mai prima d'ora.

Ho sognato, stanotte. Ho sognato che c'eri, esistevi, come se nulla di quello che ti sta accadendo fosse mai successo. Un sogno di quelli che poi uno si sveglia e pensa: *Minchia, se era vero, se era tutto vero, io mò sarei così felice, così felice*. E ho bevuto il caffè e ho sentito che mi bruciava lo stomaco, proprio come mi sono sentito lo stomaco che bruciava quella sera, mentre facevi un passo verso di me, io guardavo da un'altra parte, tu hai messo l'indice sul mio mento, me lo hai spostato verso di te, poi ho chiuso gli occhi, lo stomaco che bruciava, la tua bocca che bruciava.

Ho bevuto il caffè, dopo il sogno di stanotte, e per un po' ho fatto finta che quel sogno era vero. Ho fatto finta che non è successo niente. E dopo qualche minuto non era più un *fare finta*, era tutto così vero, così vero che quasi mi mettevo a urlare. La tazza in mano, la finestra aperta per cambiare l'aria consumata della cucina, il freddo di gennaio che entra e sembra che può pulire tutto, quel freddo, un freddo che fa bene. Un sorriso, stamattina, io, un sorriso che le labbra screpolate che si aprivano un po' facevano male, ma era un male bello. L'ultima volta che ho sorriso quand'è stata? Mi sembrano passati anni. Anni, sì, eppure è successo: sorridevo, stavo bene, senza labbra screpolate, senza fare finta, senza voglia di urlare. È successo, un tempo. E stamattina, dopo quel sogno lì, il caffè che bruciava nello stomaco, il freddo di gennaio che pulisce tutto: ho deciso che voglio che torna, quel tempo, quel tempo del sorridere e dello stare bene. Voglio che torna, voglio che quel tempo diventa questo tempo. Con te. Voglio che torni. E papa Nanni dice che se le cose le vogliamo succedono, perché la volontà di Dio è conforme ai nostri desideri. Io non lo so se è vero, ma è bello crederci. È bello vivere, se credi in qualcosa, se vuoi qualcosa, se aspetti qualcosa. E io credo in te che torni, voglio che torni, aspetto che torni.

Ogni volta che arrivo davanti a casa tua, prima di premere il tasto del campanello, non riesco a non pensare a quella poesia lì, che quello che scrive dice che si emoziona a *pensare una targhetta sul citofono con i nostri cognomi congiunti.*[*] Io pure mi emoziono, ma non scrivo poesie: mi sento solamente un cretino. Perché chi si emoziona per certe cose è uno che pensa troppo, e chi pensa troppo è un cretino, dato che apre le porte alla sofferenza. Così dice papa Nanni. Penso che ha ragione. Mi sento un cretino in ogni momento, da quella notte.

Ogni volta che arrivo davanti a casa tua, dato che sono un cretino, penso; ragiono, per un secondo che però sembra durare un'eternità devastante. Guardo la tua casa, la più bella della piazza, la più bella del paese. E penso che non è per niente sensato che dentro quella casa c'è la ragazza più bella del paese che dorme e nessuno sa se si sveglia. Non è per niente sensato: se ci ragioni, pure ammettendo l'esistenza di un Avversario di Dio, non ha senso. E non so argomentarla di più, 'sta cosa della mancanza di senso, ma sento che funziona, che regge. È l'unica cosa che regge, questa mancanza di senso − oltre alla mia enorme idiozia, che ha assunto la sua forma più strabiliante portandomi a costruire un amore per poi devastarlo con le mie stesse azioni, quelle

[*] M. Mari, *Se mi emoziona*, in *Cento poesie d'amore a Ladyhawke*, Einaudi, Torino 2007.

azioni affidate in tutto e per tutto alla forza schiacciante e dilagante che papa Nanni ha detto che si chiama Dio.

A volte, quando arrivo davanti a casa tua, prima di premere il tasto del campanello, penso a Dio. Al male che mi sono fatto nel seguirlo. Al bene che non capisco dov'è (o qual è, se c'è, 'sto bene, mannaggia a me). Ogni volta. Penso che sono a pezzi, e che il pezzo che riguarda te è il più bello – e l'unico, in qualche modo, vivo.

«Ti ho portato questo disco. C'è quella canzone che hai detto che è la canzone tua preferita. *Are you there?* degli Anathema. Ti ricordi? Quella notte...».

Sono stanca.

«Vuoi che vado via?».

No. Resta un attimo ancora. Non lasciarmi con quella stronza.

«Chi è quella stronza?».

La dottoressa.

«Guarda che se io sto qui è solo merito della dottoressa».

Addirittura.

«Dice che ci dev'essere sempre la porta aperta per me, perché per la terapia che stai seguendo ti fa bene sentire le voci degli amici».

Io e te siamo amici?

«Io... non lo so, io e te, cosa siamo...».

Quel giorno avrei voluto...

«Cosa?».

Niente.

«Cosa avresti voluto, Miriam?».

Sono stanca. Perché sei qua?

Non posso non stare qua, Miriam, non posso. Ed è un casino pure per me, se provo a capire perché sto qua, è un casino pure per me.

Non lo so.

La Terra pesa seimila miliardi di miliardi di tonnellate, Miriam: eppure il dolore mio nel saperti rinchiusa in questo letto, in questa casa da vecchi con la puzza di cose pulite e di polpette fritte, se lo conteggiamo, 'sto dolore, pesa di più, Miriam, pesa molto di più.

Perché?

Non lo so.

Prima ero lì che facevo la strada da casa mia a casa tua, il vento era forte e mi buttava in faccia gli schizzi del mare agitato, e ho pensato che forse è così che si sente la mente tua: in mezzo a un vento che non si può sopportare, con un sale che ti arriva in faccia e ti brucia la pelle nei punti dove un attimo prima stavi piangendo – che io, sì, prima, mentre venivo verso casa tua, col mare accanto, la strada bagnata, io un po' stavo piangendo, e il mare mi arrivava in faccia, e la faccia un po' mi bruciava, e se devo dirti il motivo di quel piangere io un po' mi vergogno, ma stavo piangendo per te, sì, che pensavo a te malata in quel letto, in quella casa vecchia tutta profumata di quel profumo finto che poi però al contempo puzza pure di polpette fritte, e mò pure piangerei, ma non piango, perché mò entra tua madre, e mi dice di andarmene, lo so, sento che sta qua fuori, i passi agitati oltre la porta, come in un carcere, lei lo sbirro, tu la carcerata, io il visitatore, i minuti contati, ma Miriam, io e te, Miriam, dovremmo avere 'n'eternità davanti, noi, dovremmo.

Le parole mi scoppiano in testa.
Le perdo, mi perdo.
Non riesco ad avere cura delle parole che penso.
Perdo tutto.
Non voglio perderti, Miriam.
Ti prego.

Poi tua madre entra, e lo so, lo so che vuol dire che me ne devo andare. È lunga e rugosa, sul petto bruno le costole emergono come uno xilofono sottopelle. La faccia è di odio: non verso di me, credo, ma verso tutto, verso tutti, verso se stessa anche. E io mi trovo in mezzo a questa roba di odio che sgorga da ogni angolo in questa vita. Mi riparo dietro il muretto a secco d'amore che abbiamo costruito io e te. Non so se basta, questo muretto a secco, Miriam.

Da solo non è facile, Miriam.

«Andrea, tra poco arriva la dottoressa e avrà bisogno di stare da sola con Miriam. È meglio che tu vada».
«Sì, signora».

Una voce di quelle che ti ammazzano dentro, tua madre. Dalla bocca ti cola qualcosa.

«Grazie per la visita».
«Torno domani allora, signora».
«Non lo so se è il caso, Andrea. Miriam ha bisogno di molte cure e di un ambiente riposante attorno».

Vorrei essere io il riposo di sua figlia, signora. Vorrei essere io la sua cura. Signora. Vorrei essere io.

«Sì, certo, è chiaro, capisco».

La sento che è a disagio. L'ho messa io a disagio, sono abituato a 'sti modi di fare. Credo sia il mio modo di parlare, o di guardare. Una specie di disagio che però fingono che non è disagio. E quindi poi fanno una specie di sorriso come quello che, ecco qua, tua madre lo sta facendo adesso, 'sto sorriso, e poi dopo un attimo si rendono conto che la cosa migliore in queste situazioni è invitare le persone a bere qualcosa, come se bere qualcosa fosse una specie di rituale che sistema tutto, non lo so, una di quelle robe da sciamani, nelle tende in mezzo ai deserti e alle steppe, dove si recitano preghiere in lingue strane.

«Vieni di là in cucina a prendere un caffè?».

Un caffè che in quella cucina così impregnata di puzza di polpette fritte avrà un sapore che poi avrò voglia di urlare e scappare, ma sì, certo, facciamo anche questo, questo rituale, facciamo finta che tua madre è una sciamana, facciamo finta che con il rituale del caffè tutto tornerà in pace, facciamolo: per te, Miriam, per poter tornare domani, qui da te, ritrovarti con quelle labbra socchiuse e sporche e tanto meravigliose, e quelle mani quasi verdi che sanno di statue fragili, e magari potertele sfiorare, quelle mani, sperando che prima o poi li apri in faccia a tutto il mondo quegli occhi bellissimi e devastati.

La puzza di polpette fritte, la puzza di caffè annacquato, sento anche la puzza dello spray che tua madre ha utilizzato per lucidare il legno delle sedie, il legno del tavolo, il legno dei mobili e della cucina. Tutto di legno, sembra la cucina di una di quelle case di montagna che si vedono in certi film romantici il pomeriggio. Poi però c'è il finestrone, uguale a quello della camera dove ti hanno messa, il mare a due passi.

Non mi piace niente, nemmeno i movimenti che fa tua madre, che prende le tazzine, i piattini, i cucchiaini. Non mi piacciono nemmeno tutti questi oggetti che servono per il rituale, mi sanno di quelle robe di educazione esasperata, quell'educazione che alla fine mi sembra sempre che nasconde chissà quale schifo.

Le vorrei dire che il cucchiaino non mi serve, che lo bevo amaro, il caffè, ma non dico niente, non mi va di parlarle e trovarmi di fronte quella faccia che sembra a disagio ma che in realtà a disagio non è, perché vorrebbe solamente mandarmi via da questa casa da vecchi profumata in modo finto. Vorrei chiederle con quale coraggio lei stamattina si è messa a fare le polpette, impastando la carne macinata, impanandole, friggendole, per poi mangiarle, le polpette fritte, con quale coraggio, se hai una figlia in un letto e non sai quando mai si sveglierà. Con quale coraggio puoi metterti a mangiare le polpette fritte, vorrei chiederle se esiste qualcosa di peggiore, ma lo so che mi risponderebbe che a Miriam le polpette fritte piacciono, e che voleva provare a stimolarla con il profumo di uno dei suoi piatti preferiti.

Si siede davanti a me, ha gli occhi fieri e incattiviti come quelli di Nanni certe volte quando il Male che sta affrontando è troppo difficile. Che poi, secondo me, sono gli occhi delle persone sole, che fanno di tutto per sembrare fieri anche se attorno non hanno nessuno.

La vedo, tua madre, che mi guarda quasi spaventata mentre mi avvicino il piattino, giro il cucchiaino nella tazzina per girare uno zucchero che non c'è, gli occhi che da fieri e incattiviti mò sono quasi spaventati.

Non capisco, la guardo fissa, vorrei chiederle che ha da guardarmi così, poi però urla, tua madre, un urlo breve, acuto, e mi toglie da davanti la tazzina, pure il piattino e il cucchiaino, prende tutto e lo lancia via, verso il finestrone, un rumore che sembra fortissimo, le schegge della porcellana che finiscono ovunque, una chiazza marrone sul mare grigio. E lei, tua madre, che rimane ferma così, guardando quello scempio che sicuramente in questa casa nessuno aveva mai osato. E poi guarda me, gli occhi mò senza spavento: vuoti, ora, come quelli di mia madre.

Quando tuo padre entra in cucina sgrana gli occhi in un modo che sembra una roba che fa ridere, un Barbapapà. Ogni volta che lo vedo mi viene da chiedermi come possa essere fratello di papa Nanni. Ma specialmente non riesco a non chiedermi com'è possibile che da un corpo così grosso e grasso sia nato un corpo piccolo come il tuo. Ora, però, mi viene da pensare che questo è un uomo che ormai la vita gli è diventata 'na cosa che gli trapassa il petto, ogni giorno di più.

Ha gli occhi spalancati che gli ballano dentro le orbite, tra tua madre, la finestra macchiata di caffè, la tazza rotta per terra, poi si fissano su di me, gli occhi spalancati. Io non dico niente. Tua madre scoppia a piangere, scappa dalla stanza – ed è come se una specie di energia cambia, come se l'aria cambia, dentro la cucina, come se lei si è portata via una roba greve che è sua, che le appartiene.

«Non lo so perché fa cusì. È 'na specie di reazione allu trauma, ha detto la dottoressa. Rumpe le cose. Speru che non ti ha fattu male».

«No, non mi ha fatto niente».

Sospira profondamente, il collo sembra che gli si gonfia ancora di più: «Mi dispiace. Vogliu che sai che qua te sei benvenutu. Nessunu sta avendu tutta 'sta costanza a venire a trovare la piccinna mia. Te e lei... 'nsomma, lei non mi diceva... cioè, non mi dice... li morti mei, 'sta cosa delli verbi, sbagliu sempre, scusa... insomma, vogliu dire, te e lei, è comu se state fidanzati?».

È come se gliela vedessi, quella cosa che gli trapassa il petto.

Ma lui, la cosa che mi trapassa il petto a me, no, non la può vedere.

«Io... non lo so, signor sindaco».

Fa un passo verso di me e la faccia sembra che gli esplode, sta sorridendo, ma sembra che da un momento all'altro mi può mangiare.

«Non mi chiamare cusì, "signor sindaco"! Chiamami Lucio e basta. Iou se voi due state fidanzati sono contentu. Lo conoscevu tuo padre. La mamma tua, poi, che brava signora...». Scambia il mio silenzio per un invito a proseguire. «Le disgrazie che capitanu dentru le famiglie... le cose brutte... prima o poi succedunu a tutti, mannaggia alla morte, mannaggia... menu male che almenu sono riuscitu a farmela purtare a casa, cusì la teniamu qua, che la segue 'na dottoressa brava, dentru l'ambiente familiare, diciamu. Pensu che è megliu se sta qua invece che dentru 'na stanza di ospedale. No?».

Metto le mani in tasca e sospiro. È una specie di modo per dire che mò me ne vado. Lui ha portato un altro tipo di aria greve, come se la tiene addosso, 'st'aria, che gli circonda il corpo enorme, uno strato di dolore nero, un male che pesa quanto tutto il peso della Terra. Pure lui.

Un male.

Vorrei dirgli qualcosa di buono. Ma ormai ho perso quel sentimento che non so nemmeno come si chiama – pietà?, bontà?, empatia? Forse non ce l'ho mai avuto. Quando al santuario aiuto papa Nanni vedo che lui ce l'ha, quel sentimento. Anzi, è proprio il sentimento che lo muove, il motore suo, proprio. Io, invece, quando sono lì, sto bene solo perché mi piace guardare la gente che soffre.

Mi piace guardare il Male.

Mi piace sapere che non è solo una roba che riguarda me, il Male.

E così pure adesso, davanti a tuo padre: davanti al fratello di papa Nanni. Nessuna pietà.

«Mandi un salutu a mio fratellu da parte mia? So che lo frequenti spessu, no?».

«Non c'è bisogno che gli porto i suoi saluti. È più importante che lei preghi per suo fratello, signor sindaco. Ogni giorno, dovrebbe pregare per lui. Come lui ogni giorno combatte contro il Male. Perché combatte per noi. Per me, per lei, per la sua famiglia, signor sindaco. Per tutti, combatte, lui».

Ha le labbra storte in un'espressione di uno che non sa cosa dire ma che fa finta di non stare a disagio.

Io lo fisso e cerco di non respirare il suo puzzo, mentre

senza fiato dico: «A papa Nanni non servono i saluti. Serve qualcosa di più».

Le labbra ora gli si distendono, un sorriso largo che però è tutto tranne che allegro: «Te non sai di che cosa stai parlandu» sussurra, in un modo roco che non mi aspettavo. C'ho una specie di brivido alle gambe. Poi scoppia in un risolino che è come se mi strappa via i piedi dal pavimento – infatti faccio un mezzo passo indietro, mentre a voce altissima e ridendo dice: «Ma va bonu, non me lu salutare, poi vado iou a salutarlu di persona».

Appoggia la mano violentemente sulla maniglia, spalanca la porta, un getto di vento mi colpisce in faccia. Faccio un passo fuori, ma la sua voce è come se mi strattona, come se mi prende per il collo: «Lo stannu cercandu, comunque».

Non lo guardo: «Chi?».

«Quel pezzu di merda che ha provatu a uccidere la piccinna mia».

C'ho una specie di treccia di budella, dentro allo stomaco: «Io... spero che lo trovate».

Tuo padre con la mano fa un gesto strano, si tocca la gola e inizia una specie di carezza, che scende fino alla pancia, per poi afferrare la fibbia della cintura e scuoterla un po' verso l'alto, come se i pantaloni gli stanno per scivolare a terra. Di nuovo il sussurro roco di prima: «In questu paese nessuno vuole le telecamere, questu è lu problema. Ma lu troviamu. Lu truviamu lo stessu 'stu pezzu di merda. E mò che lo troviamu... matonna mia... è megliu che non me lo mettono davanti...».

Ha un fremito e un affanno. E pure io.

Non faccio in tempo a rispondere, perché la porta mi si chiude in faccia senza preavviso.

Torno a respirare. E mi sento come se avessi fatto qualcosa di sbagliato – mentre comincia a piovere, e tutti scappano, e la piazza si fa deserta.

VENERDÌ

✝
✝

«Vorrei scrivere un libro d'amore. Con dentro un elenco di nomi. Il tuo sarebbe in cima. Forse sarebbe l'unico».

Anch'io in un libro simile scriverei solo il mio nome: per sbarrarlo, cancellarlo, strapparlo.

«Non dire così...».

Non riesco a svegliarmi. Forse non voglio svegliarmi. Cosa c'è di buono lì fuori? Che motivo c'è per ricominciare a vivere?

«Mi manchi. E non manchi solo a me. Manchi a tutti. Non è un buon motivo per svegliarti?».

Per tutta la vita mi è mancato qualcosa. Qualcuno.

«Anche a me. Ma ora no. Ora non mi manca più quel qualcosa, quel qualcuno».

Tu di me non sai niente.

«È per questo che devi tornare».

Perché così puoi conoscermi?

«Per convincerti a non cancellare più il tuo nome».

Sei sempre così sdolcinato?

«No. Non so nemmeno cos'è, la dolcezza, io. Però posso prometterti che ci proverò, se ti svegli, a prendere bene la mira, a dire le cose giuste, senza sbagliare, senza esagerare».

Sì, voglio che prendi bene la mira. Voglio che le cose che dici non mi manchino mai.

«Se ti svegli ci sarà una camera più bella di questa. Un letto più bello di questo».

E tu? Ci sarai?

«Io sarò lì, ogni mattina, ti scioglierò la treccia che ti fai prima di dormire».

Ma un giorno non ci sarai più. Andrai via, e non tornerai.

«No. No. Ti bacerò la nuca, ogni mattina. Andrò in cucina a preparare il caffè».

Sei proprio sdolcinato.

«Forse sì. Ma non sono uno di quelli che se ne vanno».

Mi piacciono i baci sulla nuca.

Ciao.

Lasciamo stare, lo so che questa cosa quando te la fanno ascoltare dici tipo: *E mò questa qui che vuole?*, e c'hai pure ragione, che poi è la stessa reazione, diciamo, che ho avuto io quando ho risposto al numero sconosciuto e c'era tua madre, che diceva che doveva farmi parlare con una persona, e questa persona era una dottoressa che mi dice che è successo un casino, che ti hanno investita.

E io, mi ricordo, stavo lì che mi stavo bevendo una birra, da sola, sempre da sola, vicino al Mercato delle Erbe, che a te ti piacerebbe un sacco, e la dottoressa dice che c'è bisogno che qualcuno ti parla, che stai tipo in coma, che però è un coma strano, che forse se la gente ti parla tu riesci a sentire e magari forse ti svegli, io ho capito così, e mi ricordo che la birra mi è caduta per terra, e si è rotta tutta e mi ha schizzato i pantaloni, e stava passando uno lì accanto che mi ha detto una cosa tipo: «Tossica di merda», e io però non lo sentivo nemmeno, stavo lì che tremavo, i tic nervosi che c'ho in faccia si erano fatti ancora più nervosi, e la dottoressa che diceva tipo: «Gabriella, ci sei?», e io non lo so se c'ero, io non mi ero sentita mai in quel modo lì, quel modo che non lo sai se ci sei.

Poi io ti ho detto che abito a Bologna, cioè, lo sai già, ma insomma, il fatto è che non c'ho possibilità di muovermi, che c'ho avuto un mezzo cazzo con gli sbirri, che devo stare qua, non posso prendere treni e cose. E la dottoressa mi ha detto che tu lì non c'hai amiche o amici che vengono a trovarti. Che c'è solamente un tipo che viene a trovarti, una specie di morosino, non sa, lei, la dottoressa, che ha detto che allora andava bene pure se facevo tipo che registravo al computer, che basta un microfono da cinque euro e installi un programma, e poi metti la registrazione su un cd.

E allora eccomi qua, che parlo a un microfono da cinque euro, col computer davanti, ho messo come sfondo una foto nostra, una di quelle di quando facevamo il primo anno di liceo che l'avevano occupato, che eravamo rimaste tutto il pomeriggio a scuola, e c'erano quelli che avevano portato la chitarra, e cantavamo Bob Marley e cantavamo i Sud Sound System, pure che ci facevano cacare quelle canzoni lì, noi cantavamo, sedute sui banchi, eravamo proprio felici, si capisce molto bene se guardi questa foto, che spero che ce l'hai pure tu, perché se la guardi ti mette di un umore strano, che ti viene da scoppiare a piangere e scoppiare a ridere insieme.

Alla dottoressa le ho detto che allora va bene, le mandavo il cd con le cose che registro. E le ho detto però che voglio che non c'è nessuno che ascolta, che voglio che ascolti solamente tu. E la dottoressa dice che ti mettono gli auricolari e ascolti queste registrazioni come un disco di musica, con gli auricolari, solo tu. E spero che fanno così davvero, ma comunque la dottoressa mi è sembrata una persona di quelle a posto.

Mò, sinceramente, io non so se è una cosa che funziona, questa qui che ti parlano e forse ti svegli, ma magari sì, tanto io questa cosa non la sto facendo solamente per farti svegliare. Cioè, voglio dire, io sto qua che registro perché altrimenti impazzisco, veramente, impazzisco, mi butto sotto un treno. Che io non posso proprio crederci che è successa questa cosa che ti hanno investita e che stai tipo in coma. Non posso proprio crederci, non devo crederci. Devo fare finta che non è così, che altrimenti impazzisco, veramente, mi trovano sotto un treno, che così almeno tolgo un po' di problemi a tutti, che io, come sempre, tu lo sai, io faccio solamente problemi.

Avevo pensato di mettermi davanti degli appunti, di cose da dirti, tipo ordinate, ma che cazzo, ma quando mai io e te abbiamo parlato con gli appunti delle cose da dire? Se devo fare questa cosa, che sembra un po' una stronzata, almeno la faccio quanto più normale possibile, no? Normale, come quando parlavamo in camera mia, che mi facevi ascoltare quei dischi tristissimi, e sembrava che non poteva cambiare mai niente, che eravamo lì e che sempre saremo state lì, pure da vecchie, sul letto e i dischi tristi e le canne e i libri di scuola, che non vedevamo l'ora di finire l'anno per andare poi nel cortile dietro casa tua a bruciarli, quei libri di merda. Era come se le cose sarebbero andate così per sempre. E io non ha senso che mi metto davanti appunti di cose da dirti, perché tanto una cosa solamente devo dirti: che non volevo mica andarmene via così. E che non volevo mica sparire così. Non volevo, non volevo un cazzo di quello che è successo, di questa città di merda che ti prende e ti fa fare cose assurde, molto peggio di Gallipoli, che noi dicevamo sempre che Gallipoli è una specie di Twin Peaks mediterranea, che non c'è uno normale, che tutti sono malati, rotti dentro, che nascondono chissà cosa, tutti, eh. Ma qua è peggio.

A Bologna sembra che stai perennemente in gita, tremila cose da fare, sballamenti, robe, gente, sempre, sempre, questa città di merda che ti ritrovi a passare ogni sera in una casa diversa, in case di gente più grande, studenti universitari che abitano in questi posti con i muri ingialliti per colpa del fumo, con le porte di legno, e le finestre di legno, e i frigoriferi tappezzati di adesivi di tutti gli altri inquilini che ci hanno abitato, e la cucina in comune, e le camere doppie, triple, le chitarre classiche sempre scordate parcheggiate in un angolo che nessuno mai le suona, nessuno mai suona Bob Marley o i Sud Sound System, stiamo tutti in queste case con le scrivanie piene di libri fotocopiati, e beviamo birre Peroni grandi, e rolliamo erba cattiva, e a me mi sembra che i muri si fanno sempre più gialli, in queste case, mentre ci sto dentro, ogni sera in una diversa. E ti penso tutte le sere. Da quando sono qua.

Devo chiamare la Miriam. Devo scrivere un messaggio alla Miriam. Qua ci vorrebbe la Miriam. Se la Miriam viene a Bologna le devo fare vedere un casino di cose. Tutti i giorni. E però mai la chiamata, mai il messaggio, perché mi vergognavo, come se tu eri arrabbiata con me in modo impossibile da sistemare, mi ero convinta di questa cosa, che non lo so se era vera, ma comunque mi ero convinta di questa cosa impossibile da sistemare. E poi la città ha cominciato a ingoiarmi, diciamo, si è fatto tutto un casino, una gita infinita. E poi cose con gli sbirri, e casini, bordelli. E intanto tu sfumavi, diventavi tipo quelle cartoline vecchie, che sbiadiscono, che continuano a esistere, sì, quelle cartoline ci sono, appese al frigo, ma sbiadiscono, non si vede un cazzo. E io mi faccio schifo al cazzo. Perché forse io per te sono tipo una di quelle cartoline che strappi proprio, in mille pezzetti, e le butti via. Forse mi hai proprio strappata e buttata via, e hai pure fatto bene, se l'hai fatto. Ma io no, Miriam. Non ti ho strappata, stai ancora qua, sullo sfondo del computer, che pensavo che eri sbiadita, ma invece non sei sbiadita per un cazzo.

Ti devi svegliare e devi venire qua, che ci sono un sacco di concerti di quei gruppi tristi che ti piacciono a te, e ci andiamo insieme, e mi racconti un po' di questo morosino che la dottoressa dice che viene a trovarti. E io ti racconto dei bordelli miei, con le morosine mie, che non si capisce niente, che ci sono delle tipe assurde, qua, che sembra che me le vado proprio a cercare, maledetta me, come sempre.

Ma che cazzo sto dicendo? Mio padre me lo dice sempre che sono un'egoista di merda, che penso solamente alle cose mie, che guardo tutto soltanto con gli occhi miei, senza pensare agli altri.
Penso che c'ha ragione. Guarda qua. Te stai in coma, e io ti parlo dei cazzi miei, dei sensi di colpa miei.

Il fatto, penso, è che non si può mica parlare con un microfono da cinque euro davanti alla faccia e fare finta che sia normale. Non si può mica registrare due parole e pensare che veramente questa cosa ti può fare bene. No?

Miriam. Senti, se muori te muoio pure io. Ok?
Ok. Allora niente. Ciao. Poi domani vedo se riesco a fare un'altra registrazione, ok? Vabbe'. Ciao.

Ti manchi.
Ma cosa ti manca davvero?
Ora che la luce trema sempre di più.
Ora che tutto scema, anche tu.
Cosa ti manca?
Come ti manchi?

La prima volta che hai visto la Gabry hai sentito un gelo invaderti l'interno della pancia. Non riuscivi a decifrarlo, a capirlo, ma eri certa di una cosa: quel gelo aveva a che fare con quella bambina – o meglio, con gli occhi di quella bambina, che ti sembravano due gusci di nocciola, ripieni di un colore così simile al miele, occhi che non avevi mai visto e che non avresti più visto se non in lei.

Rideva tutta, la Gabry, quella prima volta.

Rideva la sua bocca larga, ridevano le sue guance con quelle fossette precise e profonde, ridevano i suoi capelli scossi dal corpo che rideva tutto, e ridevano le mani usate per asciugare gli occhi, ridevano gli occhi, fino alle lacrime, noci piene di miele. Non ricordi di cosa stesse ridendo. Il cortile della scuola elementare, che sembrava un'immensità boscosa: quello lo ricordi – e la Gabry seduta su un sasso, scalza, con l'alluce del piede destro toccava un porcellino di Sant'Antonio, che si appallottolava, ecco, era quello il motivo del suo ridere. E da quel ridere è nato quel tuo gelo. E da quel tuo gelo è nato il desiderio di rimanere sempre lì, accanto a quegli occhi, a quel ridere totale. Sempre insieme – così avresti voluto.

Giocate nel cortile davanti alla casa che i tuoi genitori hanno preso in affitto per una settimana di vacanza alle Eolie. Avete appena concluso gli esami di terza media. Vi annoiate. Una delle due è riuscita a rubare un accendino di tuo padre, uno di quelli con frasi che a te sembrano stupide, tipo CHI OSA VINCE oppure VINCERE O MORTE. Bruciacchiate le piantine di menta sui davanzali della casa. Avete preso il vaso e l'avete portato al centro del cortile. Prima le foglie più piccole, poi quelle più grandi e i rametti. L'odore della menta bruciata è buonissimo, quasi inebriante, avvicinate il naso alle foglie in fiamme e aspirate con forza i piccoli fili di fumo che ne esalano.

La luce trema.
E il dito, e la casa, e il cortile, il letto, e il fuoco e il cuscino, i capelli, la notte, l'odore, e il sudore.
Ci sei tu.
Sei lì.

Una lunga barba scura, così come i capelli. Grandi occhiali da sole e una maglietta molto larga, nera, con una grande scritta rossa, DOMINE. Ti ricorda l'uomo di anni prima: quello del gatto fuori dalla pineta. Ma questo è troppo giovane. *Per fortuna*, pensi, *non può essere lui.* Un brivido in grado di mangiucchiarti la spina dorsale.

Vi guarda, scuotendo la testa. Non poter vedere i suoi occhi ti mette un senso di disagio, specialmente nel momento in cui inizia a parlare, con una voce stridula e dall'accento strano: «Le piante sono opera di Dio. Non si bruciano. Sapete quali cose bisogna bruciare? Le opere del diavolo, bisogna bruciare. Non le opere di Dio».

Tu sei immobile, guardi la Gabry provando a farle capire con un'occhiata che è meglio rientrare in casa senza dire niente. Ma la Gabry sembra del tutto a suo agio: «No, signore, mia nonna ogni tanto brucia la menta, dice che purifica la casa e allontana le malattie». Non puoi credere ai tuoi occhi: la Gabry sta dando corda a quello che è evidentemente un pazzo di paese.

«No, signorina. Perché, vedi, devi sapere che la menta in realtà non brucia davvero».

«Ma come no? Certo che brucia».

«Brucia, sì. Prima, però, è già avvenuta la disseminazione: potreste anche incendiare tutta la pianta, ma nel terreno del vaso rimarrebbero i semi che la pianta stessa ha rilasciato. E da quei semi rinascerebbe la pianta, identica a quella di prima».

Tu e la Gabry avete entrambe la bocca aperta: lei di stupore, colpita dalle parole del pazzo, tu invece per lo sconcerto che provi davanti a tutta quella situazione. Allora ti alzi in piedi, e senza dire niente vai verso casa. Se la Gabry preferisce starsene lì a dissertare di ecologia con un tizio inquietante, be', buon per lei.

«Non dimenticare di disseminare i tuoi semi, signorina. Può capitare a chiunque di ritrovarsi tra le fiamme. Può capitare a chiunque. E non tutti sono in grado di rinascere».

Non ti volti. Non capisci se l'uomo strano parla a te o alla Gabry – o a entrambe. Sai solo che ti ritrovi la Gabry accanto mentre apri la porta: ti ha raggiunta di corsa per rientrare in casa con te. Accigliata e bianca in volto, turbata.

Un letto, una lingua che ti bagna, una risata, odore di menta, un'isola che non rivedrai mai più.

Una felicità che brucia.

Non avreste mai parlato dell'uomo strano e della menta bruciata. Nemmeno anni dopo. Nessuna delle due avrebbe mai ripescato il ricordo.

Quella sera fate il patto di sangue: stese nel tuo letto, con delle forbicine tu tagli il suo anulare e lei il tuo. Tu succhi il suo sangue e lei il tuo. Amiche per sempre.

Il vostro modo di disseminare: la vostra stupida speranza che dopo le fiamme ci possa davvero essere qualcosa.

Nessuno torna mai.

Sei le ultime volte.

Sei le ultime parole.

«'Sta cazzu te Gabry...».

Dopo il rituale del sangue, entrambe con addosso soltanto due enormi magliette degli H.I.M. comprate in una bancarella il giorno prima, stese nel letto non smettete di succhiarvi i piccoli tagli. Succhiate e ne ridete – non sapete bene *di cosa*, effettivamente, ridete. Ma ridete, tanto, e piano, per non svegliare i tuoi.

D'un tratto la Gabry sparisce sotto le coperte. E la sua sagoma scende in basso, verso i tuoi piedi. «Vediamo se fa ridere anche se si fa alle dita dei piedi!» la senti mormorare, con una voce elettrizzata. E, senza darti il tempo di rispondere, si prende tra le labbra il tuo alluce destro.

Istintivamente ti viene da scoppiare a ridere e ti tappi la

bocca. «Smettila» sussurri mentre col tallone sinistro provi ad allontanarla. Ma la Gabry non si ferma, e tra i risolini inizia a ciucciare rumorosamente il dito: «Buono, buono, sa di sapone di Marsiglia!».

«Gabry basta, dai, vieni qui». Scosti le coperte. Lei, con un sorriso bellissimo, ti osserva l'alluce, la cicatrice che ti eri fatta anni prima in spiaggia con il coccio di bottiglia. Tira fuori la lingua e, con la punta, inizia a percorrerla.

L'espressione sorridente. Troppo sorridente. Mentre sussurra, con una voce stranissima: «Ce l'hai le mutande?».

«Eh?».

«Le mutande, dico, ce l'hai?».

«Ma che dici? Certo che le ho, cretina. Perché?».

«Così, per sapere!».

«Vabbe', la menta bruciata ti ha fatto qualche effetto in testa, ho capito».

«No, no, è 'sto piede che mi fa qualche effetto, è proprio bello» e bacia di nuovo l'alluce, gemendo in modo esagerato.

«E dai, deficiente, mò basta, dormiamo» sbotti, ma sorridendo, e senza fare nulla per allontanarla.

«Guarda che non c'è niente di male, Suor Miriam».

«Io "Suor Miriam"? Suora sei te!».

«Ah sì? Le suore dormono così?» dice con la faccia all'improvviso seria. Si stacca dal tuo piede. Con una mano solleva la maglietta, lunga come un vestito, senza sfilarla. Scopre il corpo completamente nudo. E completamente depilato. Anche lì, anche lì: lì dove si raggiunge con una mano, mentre contemporaneamente si china di nuovo sul tuo alluce.

Non sapendo cosa dire, cosa pensare, confusa di una confusione che ti spinge nelle tempie domande senza risposta (perché è tutto umido?, perché è tutto caldo?), provi soltanto a mormorare: «Sei proprio 'na deficiente...».

Ma lei, con gli occhi chiusi, continua a succhiare e a leccare il dito – indugiando sulla cicatrice, fissandoci gli incisivi e quasi mordicchiandola.

Intanto con la mano destra fa movimenti lenti e ritmici, lì in basso. Strofinandosi con le labbra sulle altre dita, sussurra: «E dai... giusto per giocare un po', non c'ho ancora sonno...». E si ferma, con gli occhi nei tuoi.

Un gelo ti invade l'interno della pancia.

Mentre restate immobili così succede qualcosa che assomiglia a un crollo bellissimo. Un'esplosione di calore gelido e sanguigno ti invade il corpo in ogni angolo. Invade anche ogni angolo della tua vita vissuta fino a quel momento.

«Ti vergogni?».

«Non lo so».

«Chiudi gli occhi».

«No».

«Perché?».

«Non lo so».

«Vuoi guardarmi?».

«Non lo so».

«Togliti la maglia».

«Prima tu».

C'è il suo corpo racchiuso tra le tue gambe. Le sue spalle che si muovono ritmiche sfiorandoti le cosce. I suoi capelli che sembrano ridere mentre ti avvolgono l'inguine, le sue mani che sembrano ridere mentre cercano i tuoi capezzoli, li pizzicano piano, li rendono duri come non erano mai stati.

C'è il tuo corpo, come non c'era mai stato. Un corpo che lo senti come una terra, un corpo che è un pezzo di realtà duro e morbido allo stesso tempo, un pezzo di verità che può esistere, che può farsi fiore e farsi fuoco: e ci vogliono i semi, però – ed eccoli, i semi, i tuoi semi, i vostri semi.

Eccolo il vostro modo di disseminare.

Il vostro stupido modo di disseminare: perché – ora lo sai, ora che è tutto un ricordare – nessun altro seme sarà mai uguale a quello. E tutto – ogni tuo gesto, ogni tuo bacio – sarà per sempre guidato da un unico desiderio: ritornare a quel vostro disseminare.

E nessuno torna mai.

«'Sta cazzu te Gabry...».

Il desiderio di non toccare mai più terra.

Il desiderio di essere tu, almeno tu, una che torna.

La colazione del giorno dopo è un far finta di niente. Tranne per una manciata di parole, dette mentre state chine sul latte e Nesquik. La voce bassa, un po' stanca.

«Mi manchi».

«Ma che dici? Sto qua».

«Sì, ma mi viene da pensare a quando poi non ci sei più».

«Perché non dovrei esserci più?».

«Che ne so, Gà... prima o poi succederà che non ci sarai più».

«Non ha senso farti 'sti pensieri».

«Lo so, però mi vengono lo stesso, 'sti pensieri. Non posso farci niente. E non riuscivo a non dirtelo, scusa».

«Goditi le cose quando succedono, prendile come vengono».

«Sì, hai ragione».

«Sennò è un casino».

«È un casino, sì».

«Io ti voglio bene, Miriam».

«Pure io».

«Ti tengo sempre dentro, pure se un giorno non ci siamo più, tipo che tu vai da una parte e io da un'altra. Ti tengo sempre dentro. Ok?».

«Ok».

«Però mò non ci pensare».

«Non voglio che mi manchi».

«Allora prendo bene la mira».

«Cretina».

«Tu».

«Mi sono resa conto di una cosa».

«Cioè?».

«Che è bello quando ridiamo».

«Sì, è vero».

«È tipo come se si riempie la stanza in un modo diverso».

«Come se apri le finestre».

«Eh, una cosa del genere».

«È bello, sì».

«Dai, sbrighiamoci a mangiare, che già è tardi, e mia madre tra un po' rompe il cazzo».

«Sì. Comunque io pure non voglio che mi manchi».

«Non parliamone più».

«No, infatti».

«Lo odio il Nesquik».

«Pure io».

«Buttiamolo nel cesso».

«Vai, ci sto».

Lo so che non sai moltissime cose di me, e so pure che può essere che non ci riuscirò mai a dirtele, certe cose di me. Di mio padre, per esempio: mica ce la faccio, io, a parlare di lui. Mai, con nessuno. Nemmeno con me stesso. Perché quando uno muore come è morto lui succede che tutti quelli che lo conoscevano bene iniziano a vivere come superstiti. Come se sono tornati vivi da una guerra, ma con una magia nera addosso, 'na maledizione che perseguita tutti i passi che fanno. Così mi sento io, se penso a mio padre. Un superstite, con sopra 'na specie di marchio nero per sempre. E mica è facile parlare, se ti senti così. Preferisci prendere 'ste robe e tenerle tipo sotto il letto. Poi la notte, da solo, le tiri fuori, e stai malissimo, un male che non sai se passerà mai. Di notte, da solo, senza dare fastidio a nessuno.

Non è che non voglio dirti le cose mie, non è che non voglio parlarti di lui. È che fino a quando non riuscirò a parlare di mio padre almeno con me stesso, insomma, penso proprio che non riuscirò a parlarne proprio mai con nessuno. Intendo: parlare di lui *davvero*, per come era *davvero*, per come era da vivo. Non riesco. Non riesco a parlare della vita che c'era prima. Se penso a me che ti parlo di mio padre, ecco, penso solo a un me che parla di un fantasma, un me avvelenato da tutta 'sta morte, un me che sta lì in ginocchio e ti piange sui vestiti. Questo penso. E non voglio. Per ora.

Per ora io devo essere uno che sta qui per trascinarti via dal nero in cui stai, devo essere uno capace di farti capire che se torni qua ne vale la pena. Devo essere uno che ti dice che se torni ci saranno tutte le cose dell'amore. Per ora. O per sempre. Non lo so. So solamente che tu non sai tante cose di me. Perché sono stato zitto per così tanti anni che mò quasi mi sono dimenticato com'è che si parla. Voglio dire: zitto dentro. Che tutto, dentro, sta fermo, 'na specie di rumore bianco lontanissimo. Tu, invece, hai fatto una cosa, dentro di me, che mò è come se riesco pure a sentire il rumore del sangue che mi scorre nelle vene.

Da bambino fingevo di essere altri. E altro. Ero 'na specie di cosa in pezzi: dicevo che ero figlio di un cacciatore, per esempio.

Non so perché mi è nata 'sta cosa in testa, alle elementari. «Che lavoro fa tuo padre?» chiedeva la maestra. E io, non so, mi immaginavo mio padre con un'arma in mano, in un bosco, che spara a un lupo. Pure che qua dove stiamo noi non è che ci sono lupi, e non ci sono manco boschi veri, qua. Io però dicevo che mio padre faceva il cacciatore. Che poi era finto, sì, ma un po' pure vero, perché mio padre faceva il pescatore. E allora poi quando la maestra scopriva che non era vero che mio padre faceva il cacciatore, e scopriva che era un pescatore, insomma, mi perdonava: un bambino che fantastica, che modifica la realtà senza allontanarsene troppo. E non capiva, la maestra, che io invece mi allontanavo parecchio dalla verità: io, nella testa, c'avevo proprio un'altra realtà.

Ovviamente, verso i quattordici anni, rientrarono dentro 'sto sistema pure le ragazze: mi inventai 'na fidanzata, ai pochi ragazzini che frequentavo dicevo che ero stato in viaggio in Romania, nel paese di mia madre, e che lì avevo conosciuto una tipa, scopate pazzesche, e che di lì a poco lei si sarebbe trasferita in Italia.

Però più crescevo e più i pezzi che inventavo si facevano grandi e gravi. Tipo che ero malato di una malattia che mi avrebbe ucciso nel giro di pochi anni: questo ero io negli anni del liceo, un povero malato, orfano, che non riusciva a farsi amici perché immerso in una specie di vita troppo brutta.

C'era del vero, c'era del falso: come in tutte le persone, forse, ma in me di più.

Pezzi, schegge, tipo di uno specchio rotto, che nella mia testa, se li mettevo insieme, costruivano una versione di me migliore, accettabile – ho sempre dato per scontato che così com'ero non andavo mica bene, c'era bisogno di altro, c'era bisogno di qualcosa di più, di meglio. Li montavo senza sosta, quei pezzi, quelle schegge. Fino a quando nello specchio strano e distorto che mi allestivo non si rifletteva il mondo così com'era fuori di me.

Quattro anni dopo che mio padre è morto ho provato a farmi in pezzi davvero, in schegge. Nel senso che proprio mi sono lanciato da un balcone, e l'idea che mi ha fatto fare il salto è stata quella che mò sarei stato veramente in tanti pezzi. Mi immaginavo tutto sparpagliato. Pezzi. E mi sentivo bene. Volevo quella cosa lì.

Papa Nanni dice che questo è successo perché ho reso la morte di mio padre esemplare, senza comprenderla per quello che invece è stata davvero: un'ennesima tragedia causata dal libero arbitrio. Così dice lui. Io non so se gli credo. Ma crederci mi fa bene, penso.

Quando poi mi sono svegliato dal coma mia madre aveva smesso di esistere, anche se non aveva smesso di vivere.

Mangiava solo proteine, le cucinavo soltanto tacchino in padella. A un certo punto aveva smesso di pagare le bollette del gas, per molte notti ho dormito abbracciato al computer acceso per scaldarmi. Oggi continua a mangiare soltanto carne stopposa. La pensione di reversibilità da due anni la gestisco io.

Continuo a essere una specie di cosa in pezzi, ma ho perso la fantasia, non invento più un cazzo, o invento male, mi scoprono subito.

Quindi è come se sono una specie di cosa *a* pezzi. Mi guardo allo specchio e sono tutto fatto di robe che mancano, di arti fantasma. Mi guardo allo specchio e c'è questa roba piena di pezzi che mancano: ed è come se non sono *io* – oppure sono così tanto *io* che non riesco nemmeno a riconoscermi.

Vederti per tutti quei mesi – ogni settimana, entrare nella libreria di fronte a casa mia, resistere alla tentazione (perché, poi?) di chiederti quali libri stai comprando, assistere a quella cosa che era una specie di *scorrere*, come se eri un fiume di luce dentro quella specie di imbuto strano che sono le giornate mie – era una colla calda che colava in mezzo a tutti gli spazi vuoti che c'ho.

Non so perché – non so perché te.

Forse perché la prima volta che ti ho vista uscire dalla libreria sono corso dentro, ho chiesto alla libraia cos'è che avevi comprato, lei mi ha detto che avevi comprato un libro di poesie, mi ha indicato qual era, io l'ho aperto, e ho visto che dentro c'era una poesia che dice: *Le bambine rimaste molto da sole / da grandi sono donne irresistibili.**

* A. Riccardi, *Argonauta con sirena*, in *Aquarama e altre poesie d'amore*, Garzanti, Milano 2009.

Non so perché – non so perché te: il movimento del ginocchio, lo spazio tra gli incisivi, le unghie nere, quel planetario che c'hai negli occhi.

Non ho mai cercato un "motivo", ho solo, non so, tipo metabolizzato la scossa che capita di sentire allo stomaco quando uno è assolutamente certo di qualcosa.

Io, quella prima volta che ti ho vista – e tutte le altre volte – mi prendevo 'sta scossa.

Non ho mai cercato un motivo.

Penso che è così che nascono le ossessioni. Uno qualunque vede una persona qualunque. Ma a lui, quella, non gli sembra una persona qualunque. Gli sembra come se quella persona è tornata. Uno qualunque si convince che è tutta la vita che prova a ricordarsi qualcosa: e quel qualcosa è quella persona qualunque – quel modo di muovere il ginocchio, quel trucco nero messo attorno agli occhi in modo che sembrano ancora più azzurri di come sono.

Penso che è così che nascono le ossessioni: quando cerchiamo qualcuno che ci possa salvare, e ci convinciamo di averla trovata, poi, quella persona. Per me tu sei quella che può salvarmi. Anche se non è vero, anche se magari sono io, in realtà, a dover salvare te: a me basta credere che tu sei la salvezza mia – l'ossessione mia. È una cosa che sembra un po' malata, lo so. È una cosa che mi serve più dell'aria, però. È una cosa che non mi fa pensare alla voglia di non essere mai nato.

Amare qualcuno come io amo te è una roba violenta: è un accanimento che ti esclude, lo so, è un ossessionarsi basato su niente se non su me stesso.

E però mi serve, porca puttana, mi serve, Miriam, ne ho bisogno – ho bisogno, di te, di noi.

Perdonami, se puoi.

Quando poi ti ho parlato per la prima volta è stata una roba che nemmeno certi cartoni giapponesi: un assemblarsi di pezzi scomposti, uno scricchiolare di componenti che si saldano.

E in macchina, poi quella sera, quell'ultima e prima sera, mi sono sentito dentro una specie di cosa che mi saliva fuori, una voglia di urlare il mio nome: dire che ecco, cazzo, eccomi, sono intero. Mi sono guardato nello specchietto retrovisore, quella notte, mentre tu ti accendevi una sigaretta nel sedile accanto: nessun arto fantasma, nessun pezzo che manca, nessuna impronta tagliata. Una cosa tutta intera, un *io* che riconoscevo. Una cosa così.

E l'hai fatto tu, tutto questo. Tutto tu. Col ginocchio, con quello spazio tra gli incisivi, le unghie, il planetario dentro gli occhi e tutto il resto.

E quindi: è per quello che hai fatto, è per quello che sei.

E se ti aspetto è per questo: per dirti grazie, almeno. Per dirti che mi manchi da tutta la vita. Per dirti che se esisti tu non c'è bisogno che esiste Dio.

Mi manchi, Miriam.

Sembra che non ci sei da secoli. Sbatto ogni momento contro le cose che ricordo di te. Ci sbatto così tanto che le sto facendo polvere, le cose che ricordo di te. E mi manchi, Miriam. Mi manchi più di quanto io riesca a ricordarti.

†
†

Ho paura.

«Anche io, Miriam».

Di dimenticarti.

«Non succederà».

Tu hai paura di me.

«No, non è vero. Io ho paura solo del Male».

Tu hai paura di amare.

«Io... no...».

Io ho paura di dimenticarti. Tu hai paura di ricordarmi.

«Non voglio avere nessuna paura».

Se muoio?

«Non muori».

E se succede?

«Se succede muoio pure io».

Non dire così.

«No, ma non è una cosa tragica, drammatica. Muoio nel senso che ti raggiungo, che vengo da te, ti trovo lì dove sei andata a finire».

Tipo Dante Alighieri?

«Eh, tipo. Che se muori vai in paradiso. E io vengo in paradiso, da te, per te».

Col cazzo che mi fanno andare in paradiso, a me. Ho già un posto prenotato all'inferno.

«Macché. Non esiste, l'inferno».

Ah, no?

«No. Esiste solo il paradiso».

E tu che ne sai?

«Diciamo che l'ho capito. In qualche modo. Esiste solo il paradiso, e ognuno di noi ha il paradiso che vuole. Cioè, ognuno si crea un posto in cui succedono cose che lo fanno stare bene».

È una stronzata. Quindi pure quelli che sulla Terra fanno schifo poi vanno in paradiso?

«Eh, sì. Il Male è sulla Terra. E basta».

Non lo so se mi convinci.

«Il tuo paradiso come sarebbe?».

Non lo so. Penso... normale.

«Normale in che senso?».

Tipo che sto seduta sul divano, davanti alla televisione. C'è un film che mi piace molto, tipo *Il corvo*. E accanto a me, da un lato, c'è mio padre, che sta bene, respira bene, non sta bevendo vino, non ha la faccia tutta rossa, non è lì lì per prendere sonno. E dall'altro lato c'ho accanto mia madre. Che sorride, ha dei bei vestiti, i capelli pettinati, la faccia di un bel colore, le labbra lisce.

«Sembra bello».

Sì. E poi a un certo punto suona il campanello. Sei tu. Entri in casa, saluti i miei, loro ti guardano contenti, ti chiedono come stai, tu rispondi che stai benissimo. Poi mi chiedi se sono pronta. E io sono pronta, e allora usciamo, andiamo in un locale dove tu devi suonare. E poi mentre suoni mi guardi, ogni tanto, mi fai un occhiolino.

«Sembra... cazzo, sì, sembra bello. Non riesco a dire altro».

Piangi?

«Sì, scusa».

Perché?

«Perché questo tuo paradiso assomiglia molto a... non so come dire...».

Assomiglia al tuo paradiso?

«Sì. Ecco. Molto».

È una bella cosa.

«È una bella cosa».

Allora se muoio ti aspetto lì.

«Se muori, muoio anche io. E tu, sì, aspettami lì».

SABATO

Mara

Viveva con noi. Con me e tuo padre. Dormiva in questa stanza. In questo letto. Io lo dicevo sempre: «Con questo santone non può continuare così. Sei troppo, troppo morbosa». Ma lei niente. Niente. «Lui mi salva l'anima», e stronzate così. Andava tutti i giorni da lui, lo aiutava negli esorcismi. Gli esorcismi, cazzo.

La cosa che io non sono mai riuscita ad ammettere, ma che invece è vera, cazzo, sai qual è? Che quello psicopatico di un santone era meraviglioso. Meraviglioso.

Quando mia sorella aveva cominciato a frequentarlo mi raccontava di fatti assurdi, prodigi incredibili, esorcismi, miracoli. Allora una volta sono andata con lei da lui. Volevo capire, dovevo capire: chi cazzo era questo personaggio che stava stravolgendo la vita normalissima di mia sorella? E, cazzo, mi sono trovata davanti a qualcosa di stupefacente.

C'erano almeno cinquanta persone, tutte attorno a quella casa in mezzo al nulla accanto alla superstrada. E lui lì, immenso, proprio come uno si immagina Dio.

Una ragazza si è staccata all'improvviso dalla folla, ha cominciato a correre verso di lui e gli è saltata addosso, provando a strangolarlo.

La gente attorno ha iniziato a urlare: ma lui ha bloccato le braccia alla ragazza e ha cominciato a sussurrarle parole in un orecchio. Lui sussurrava, e lei sembrava sempre più piccola, sembrava sciogliersi mentre lui la stringeva. Fino ad abbracciarla. Lei completamente abbandonata a lui. E poi ha iniziato a toglierle i vestiti, mentre continuava a parlarle a voce bassa.

A un certo punto la ragazza era completamente nuda, stesa a terra lì davanti. Per un attimo ho guardato mia sorella, che era accanto a me, la sentivo muoversi strana, aveva gli occhi pieni di lacrime.

Quando ho guardato di nuovo davanti a me, lui aveva in mano un tamburello. E suonava. E cantava. E girava attorno alla ragazza. E la ragazza si dimenava, come se quella specie di musica la stesse colpendo, come se ogni colpo di tamburello fosse una botta fortissima sul suo corpo nudo.

Non riuscivo a smettere di guardare.

Non so per quanto è durata.

Alla fine io piangevo, mia sorella piangeva, tutte le persone lì attorno piangevano mentre la risollevavano in piedi. E la ragazza piangeva e rideva allo stesso tempo, mentre ancora nuda abbracciava fortissimo lui, che se ne stava fermo, in piedi, tutto sudato, gli occhi verso il cielo.

E mia sorella che mi ha preso la mano. Mi ha detto: «Lo capisci perché, adesso, la mia anima è salva?».

Quelle parole, cristo, sono state un cazzo di colpo alla testa: come se mi fossi svegliata da un sogno, mi sono guardata intorno, ho fissato mia sorella negli occhi.

«Voi siete pazzi» le ho detto. «Che cazzo è 'sta roba?».

E lei mi ha risposto: «Ti ho vista che piangevi».

E mentre lei parlava mi sono resa conto che non potevo restare lì. Sentivo una cosa pesante addosso. Gli occhi di quel fanatico erano fissi su di me, mi sentivo mangiucchiare la spina dorsale.

Sono corsa via.

E poi, un giorno, eccola là, l'anima salva: incinta. Incinta di un cazzo di psicopatico fanatico. Fratello di mio marito, cazzo.

I nostri genitori erano morti un anno prima. I tuoi nonni, sì. Morti, investiti da una fiamma del cazzo, mentre lavoravano in quella fabbrica di merda. Bruciati come carta.

Come faccio, io, a pensare che non sia meglio far scoppiare tutto? Tutto. Questa casa. Questi corpi che abbiamo.

Te non sei morta, dice quella cazzo di dottoressa. Ma io? Io? Da quant'è che sono morta, io?

Lo dicevo sempre, a mia sorella: «Ma guarda che queste cose così morbose sono malate, non sono sane». E lei mi guardava come se fossi la peggior merda di questo mondo, quando le dicevo così. Eccola là, però. Incinta di un pazzo che fa gli esorcismi.

E abortire? Eh no, col cazzo.

E provare a parlarne con questo psicopatico? Eh, no, nemmeno. Lui è esorcista, lui prega, lui accoglie i fedeli che hanno vera necessità, lui non parla mica con tutti. Nemmeno con suo fratello, capisci? Nemmeno con suo fratello voleva parlare di questa cosa.

Allora mi sono presentata da sola in quella specie di santuario dove tuo padre lo ha messo ad abitare. Gli sono andata di fronte. Come scusa gli ho detto che volevo confessarmi.

Lui mi ha guardata, con quella faccia orribile, conciato come una specie di mago, con la barba bianca e lunga. Ma meraviglioso. Immenso. Intenso come un dio, cazzo. Mi ha guardata e mi ha detto: «Tua sorella ha il demonio dentro. Mi ha spinto verso il peccato. E lei adesso ha portato il Male in casa vostra. Una confessione non serve a nulla». E io sai che ho fatto? Gli ho riso in faccia. Sono scoppiata proprio a ridergli in faccia, cazzo. E lui sorride, con quel sorriso di uno che vuole dire qualcosa del tipo *Eh, il mio sapere è ben più del tuo, povera merda*. E se ne va. Mi lascia lì, da sola, in quella stanza piena di robe appese al muro, di candele, con le pareti tappezzate di foto di fedeli e di santi, e robe strane medievali, arazzi. Sola, lì.

Capisci? Quella merda di malato mentale ha messo incinta mia sorella, convincendola chissà di quali puttanate di cristi, madonne e diavoli. E mi sorride con quella faccia del cazzo, e mi lascia da sola. «Tua sorella ha il demonio dentro». E basta.

E ho pianto, certo che ho pianto. E lì c'era una specie di leggio con sopra un libro, una Bibbia, che cazzo ne so. E allora ho preso una candela accesa che stava lì accanto, e l'ho avvicinata a quel cazzo di libro. E gli ho dato fuoco.

E mentre me ne andavo via sai cos'ho sentito? Ho sentito la sua voce. La sua voce che urlava. Urlava cose in una lingua mai sentita. Mi sono infilata in macchina, senza voltarmi.

Ma me lo sentivo addosso, porca puttana, quello sguardo che ti mangia la spina dorsale.

Ogni volta che ti guardo non riesco a non pensare che te ti chiami Miriam come mia sorella. Che appena ha avuto le doglie ha preso un borsone ed è scappata.

Quella mattina, era prestissimo, io ero a letto. Tuoni,

vento, bufera di tramontana. Cercava di trattenersi, non voleva gridare. Poi ho sentito la porta che si chiudeva.

Tuo padre non c'era, era uscito alle tre di notte perché avevano trovato il cadavere di un pescatore annegato, i suoi cittadini del cazzo. In questo paese di merda chiamano il sindaco per tutto. Una specie di sceriffo. Cristo.

Io comunque dal letto non mi sono alzata. Sono rimasta ferma sotto le coperte. Perché ho fatto un pensiero. Un pensiero che a me, porca puttana, mi sembrava un pensiero buono. Ho pensato: *Se lei lo ama, quest'uomo, be', che vada da lui, e vaffanculo.*

Ti rendi conto? Che pensiero del cazzo. Che pensiero del cazzo, cristo santo.

Sono passate ore, poi. Ore. Tante ore che si è fatta sera. Il telefono non squillava. Tuo padre che diceva di stare tranquilla.

Io che alla fine esco, tra gli schizzi di mare e il vento e la pioggia, prendo la macchina e vado all'ospedale. E all'ospedale mi dicono che non si è presentata nessuna Miriam Brondi.

E allora torno indietro, mentre grido, urlo e piango.

Non mi ricordo niente, mi ricordo soltanto le sedie del bar dei vecchi sparse per tutta la piazza.

E mi ricordo la porta di casa mia aperta.

E c'è tuo padre con le mani nei capelli, seduto sul divano.

Suo fratello accanto a lui.

Sul mio divano.

Quello psicopatico di merda. Che si gira, mi guarda.

Quella barba bianca di merda.

Quegli occhi che sembravano un cazzo di pozzo senza fondo.

«È stato inevitabile. Troppo sangue».

Aveva appena diciotto anni, mia sorella. Diciotto anni. Come te.

Le hanno fatto l'autopsia. Eh, cazzo, almeno quella l'ho ottenuta. Ma mi si è rivoltata contro, cristo.

Hanno detto che aveva contusioni in tutto il corpo. Specialmente sulla schiena. Come se qualcuno l'avesse bastonata.

Hanno detto che aveva pure segni di colpi provenienti da un oggetto molto simile a una frusta.

Hanno detto che sicuramente non era nelle condizioni fisiche per partorire senza conseguenze gravi.

Hanno detto che è strano, però, che la famiglia non se ne sia accorta.

Hanno chiesto, a me e a tuo padre: «Signori, voi eravate i tutori legali della ragazza. Dov'eravate? Questa ragazza si è martoriata per mesi. Dov'eravate?».

E io allora ci ho provato, cazzo: ho provato a dire che era stato quel santone, che era lui che la torturava per chissà quale motivo di cristi, madonne e diavoli.

Ma loro hanno detto che la versione che raccontavo io non reggeva. Che il santone non poteva essere stato. Erano evidentemente colpi che si era inferta da sola.

Hanno detto che quasi sicuramente si torturava da sola, la ragazza. Che chiusa in camera faceva cose, e noi non controllavamo.

Cazzo. Dio...
La testa...
Perché ti sto raccontando tutta questa merda? Ma cosa cazzo mi passa per la testa...

Cristo... che male... cristo... scoppia, mi sembra che scoppia, questa testa di merda...

Del funerale non ho nemmeno un ricordo, un'immagine vaga, niente. Niente. Il cervello mi fa uno scatto in avanti: dal santone che dice "Troppo sangue" finisco direttamente alla notte dopo il funerale.
Il bagno.
Io e tuo padre in bagno.
Io piegata, le mani sul bordo del cesso. Lui dietro di me. Gli urlavo: «Riempimi», ma lui continuava a spingere e non finiva, ed è durato tantissimo, e c'era un suono che sembravano schiaffi, e le mani e le braccia mi facevano un male, porca puttana, ed ero troppo asciutta, e mi bruciava tutto, e poi, all'improvviso, proprio mentre stavo per lasciare andare le gambe e crollare bocconi sul cesso, mi ha afferrato i capelli, stringendoli forte come una redine, e una serie di spinte velocissime e ancora più bestiali, e un urlo spaventoso, lungo, di dolore, e un caldo bollente, dentro.
E poi io che piango per tutta la notte.

Cazzo. Dio...
La testa...

E poi ero incinta, la nausea, la voglia di morire.
Tuo padre che mi dice che una stanza del palazzo del Comune la dedicheranno a mia sorella.
Tuo padre che mi dice di chiamarti come mia sorella. Io non lo so se ero d'accordo. Non lo so se me ne fregava un cazzo.
Non mi ricordo un cazzo.

Ora te stai là. Che sembri morta.

E io sto qua, che ti racconto com'è che sono morta.

E comunque tutt'e due siamo vive.

Come cazzo è possibile? Eh? Come cazzo è possibile?

Io poi non mi ricordo più niente. Non mi ricordo.

Mi ricordo che poi c'erano altri giorni. C'era il sole. Le sedie del bar rimesse a posto. I vecchi seduti che mi guardavano come se volessero dire: *Eh, povera a te, povera a te.*

E uscire, camminare su corso Roma per comprare semplicemente le sigarette. Era tutto un incrociarsi di sguardi di merda che sembravano dire: *Eh, povera a te, povera a te.* E io volevo urlare in faccia a tutta 'sta gente schifosa, volevo strappargli gli occhi da quelle facce del cazzo.

E allora ho cominciato a uscire sempre meno, e quando uscivo passavo dalle strade laterali, le traverse e le parallele di quel cazzo di corso Roma, ma 'sto paese di merda è pieno di gente che sta sempre affacciata, vecchie e vecchi che si mettono coi gomiti sulle ringhiere o sui davanzali di quei palazzi orribili che sembrano scorticati da qualche mostro che esce di notte a mangiarsi pezzo pezzo 'sto posto che speriamo esplode.

Uscire sempre meno.

E ogni volta che tornavo a casa correvo in bagno, mi buttavo acqua fredda in faccia, mi strofinavo le braccia con il sapone liquido.

Un giorno ho aperto il box doccia e ci sono entrata tutta vestita. Ho iniziato a fare questa cosa ogni volta che tornavo a casa, anche se ero uscita per soli cinque minuti. Rimanevo ferma lì, con l'acqua fredda che mi sembrava che entrava sotto la pelle.

Rimanevo così fino a quando non rientrava tuo padre,

che mi trovava lì. Dopo le prime volte era diventata un'abitudine – anzi, no: un rituale, un rituale del cazzo che nessuno dei due capiva. Sentivo che apriva la porta, si avvicinava a passi veloci, senza dire niente chiudeva il rubinetto della doccia. Io lì, ferma. Lui mi toglieva i vestiti e li ammassava nella lavatrice accanto al cesso. Mi faceva uscire dal box prendendomi per i polsi.

Poi anche questa specie di rituale, un giorno, è finito.

E non è rimasto più niente.

Adesso io e tuo padre siamo questa specie di groviglio di nervi, sempre in tensione, sempre coi denti stretti, sempre col disprezzo che riempie ogni cazzo di parola. Adesso. Mentre là fuori quella cazzo di ombra se ne sta lì: io sono sicura, sicurissima, porca puttana, che è quel mostro di suo fratello. Guardalo, lì, sotto la nicchia di quel santo. In mezzo al buio. È lui, cazzo, nascosto sotto il suo mantello nero di merda. Io sono sicura. Ma tuo padre sai cosa dice? Che sono pazza, che sono paranoica, che sono ossessionata. Dice che quella è un'ombra e basta. E io gli ho detto: «Brutto stronzo, usciamo a controllare, andiamo a vedere se è soltanto un'ombra. Andiamo, testa di cazzo». E lui: «Ma no, ma no, non c'è bisognu, mò calmati, calmati». Gli voglio strappare la gola a morsi, porca troia, ogni volta che dice "calmati".

Quella non è un'ombra: è quel santone del cazzo, che viene qua fuori per spiarci, per provare a entrare in casa, o che cazzo ne so.

Che cazzo ne so...

Nessuno mi crede, Miriam.

Nessuno... Miriam.

Perché non apri gli occhi?

Miriam, cazzo.

Torna qui.

Torna qui.

Ricominciamo tutto.

Facciamo finta che sei nata adesso. Facciamo finta che sono nata adesso. Facciamo finta che siamo nate insieme, Miriam.

Cazzo.

Voglio che mi abbracci come facevi prima, Miriam. Stese nel letto, la domenica mattina, come tutte le cazzo di famiglie di merda di 'sto mondo di merda. Voglio quello. Lo voglio di nuovo.

Voglio che mi abbracci di nuovo, Miriam.

Così.

Così.

Voglio che torniamo ad abbracciarci così, Miriam.

Così. Nel letto. La domenica mattina. Di nuovo. Così.

Miriam.

Ti prego.

Torna da me.

ANDREA

Gli schizzi del mare mi colpiscono la faccia, e mi brucia, questo sale di questo mare che odio, grigio, grigio come le stradine di pietra che portano a casa tua, grigio di un grigio che se devo cercare una metafora per spiegare come mi sento, ecco, non la trovo una metafora, ma trovo un colore: questo grigio qui.

Grigio. Come il collo tuo e il viso tuo, con quei lividi che passeranno, Miriam, passeranno: come passeranno questi giorni. Un'altra cosa, invece, non passa, non passa e non passerà, io proprio lo so, lo so, che mica passa, questa cosa che ho dentro, questa cosa che ti guardo e ti sono dentro: questa cosa non passa mai, da quando ti ho vista la prima volta, questa cosa che ti guardo ed è come se ti porto a casa con me, è come se tu sei con me, anzi no, è come se tu sei me. Tu sei l'impronta che lascio: un'impronta di cui non posso non avere cura – un'impronta che non posso permettere che qualcuno maledica.

E io so che tutto questo non passa, non passa. Il grigio passa, i lividi passano: ma questo, Miriam, questa cosa che c'è, che sta dentro, che ti guardo e mi stai dentro, e sei l'impronta che lascio. Non passa.

Però se prendo la strada accanto al mare riesco a non incrociare le persone. Non passa nessuno di qua, quando il tempo è così. Camminano tutti vicino al mare solamente quando possono farsi le foto, mandarle agli amici che vivono lontano, sperando che magari si fanno invidiare. Ma

151

secondo me non c'è nulla da invidiare a uno che si fa una foto davanti al mare.

Una macchina accosta.

Ti assomiglia, tua madre. Se la guardo con la coda dell'occhio sembra quasi che sei tu fra trent'anni.

«Salve, signora». Continuo a camminare, costringendola a seguirmi a passo d'uomo.

«Sali, dai».

«No, grazie, se non cammino almeno un'ora al giorno divento ancora più grasso».

«Ma che stai dicendo? Guarda che tra un po' diluvia».

«Grazie, ma preferisco così».

«Non ha senso 'sta stronzata di fare il timido».

Non sto facendo il timido. È solo che non ho voglia di stare in macchina con lei. Ho una specie di repulsione. Penso sia nata dopo il gesto della tazzina di caffè. O forse è perché so che c'è qualcosa di rotto e grave tra lei e papà Nanni. E Nanni ormai è dentro di me, me lo inietto tutti i giorni come un veleno che però mi piace sentirmi scorrere nei pensieri e nelle idee.

Continuo a camminare senza rispondere. Lei continua ad affiancarmi. Dall'abitacolo sento arrivare la voce di Lucio Battisti. *Dammi forza mio Dio*. Lei guarda per un attimo la strada e poi torna a guardare me.

«Non c'è bisogno che mi segue. Ci vediamo lì mò che arrivo».

«Devo chiederti una cosa. Riguarda il santone».

Mi fermo. Sento che qualcosa non va bene. Non so cosa, ma so che "il santone" in bocca a tua madre è una roba che non sta bene, che non dovrebbe esserci.

Salgo in macchina, e mi sento le mani sudate, la faccia sporca di sale di mare.

Provo a fare il disinvolto, e così, mentre lei si rimette in carreggiata, io allungo le dita verso lo stereo e abbasso il volume di Battisti, *Cara non odiarmi se puoi*, girando la rotella fino allo zero, e dico con una voce che, mannaggia mia, me la sento che è strana, come se sto agitato: «Non c'ho molto da dire su papa Nanni, io».

Provo in un secondo a mettere in ordine i pensieri. Cosa cazzo è che mi agita tanto?

Mi vergogno, forse. Ecco, sì. Mi vergogno di essere associato a lui.

Che poi, cosa c'è da sapere?

«So che tu lo frequenti».

«Mah, sì, ma per il tamburello. Lui me lo insegna».

«Sì, immaginavo».

«Ma non so cosa può chiedere a me, signora. Io non so niente, so solo le cose del tamburello».

Mi guarda, fa una faccia che, se mi impegno, forse riesco a tradurre come un sorriso. Indugia per un attimo sulle mie mani, che me le sto tutte schiacciando, attorcigliando le dita sudate.

«Ma che hai? Sei agitato?».

«Non mi piace parlare dei fatti miei».

Mi associano a Nanni. Ecco cosa sta succedendo. La gente mi associa a lui. E io sono un coglione, dovevo aspettarmelo, no?

«Non voglio assolutamente parlare dei fatti tuoi. Tu sai che il santone ha a che fare con noi, vero? Intendo con me, con Miriam, con mio marito».

«Io non so niente, le ho detto».

«È inutile che ti agiti».

Guida lentissima, maledetta.

«Non sono agitato. È che non voglio che magari pensate che io e lui abbiamo chissà quale rapporto, quale legame. Io e lui non siamo niente. Quindi, se deve chiedere cose su di lui, io sono proprio la persona sbagliata».

Resta in silenzio per qualche secondo. Cerca le parole giuste. Io no, invece, non le cerco mai le parole giuste. E questo è un problema. Io parlo così come mi viene. E dico cose che forse non devo dire. Non lo so. Lei invece mò si sta scegliendo le parole. E io le parole non le so scegliere. Mi stritolo le dita. Guida lentissima, maledetta.

«Volevo soltanto chiederti un favore».

'Sta voce tutta pacata, tutta del Nord, tutta gentile, mi fa innervosire. Perché non c'entra niente, con lei, 'sta voce. La guardo con la coda dell'occhio, e mò non sembri più tu tra trent'anni, no: mò sembra una specie di quadro strano, uno di quei ritratti tutti storti che non capisci l'espressione della persona disegnata. E vorrei dirle che non c'è da essere gentili, non c'è niente da chiedere. Voglio che arriviamo e che scendo da 'sta cazzo di macchina, e basta.

«Non mi sto agitando proprio. Vorrei solo arrivare presto da Miriam».

«Siamo quasi arrivati».

«Grazie a dio».

«Ok, ho capito, vado al sodo, ti dico qual è il favore che devo chiederti».

Finalmente casa tua. Parcheggia e spegne il motore. Si volta verso di me e mi guarda con quel sorriso che mica è un sorriso. Mi rendo conto che tua madre ha lo stesso aspetto che, nella mia testa, aveva Severus Piton quando mio padre mi leggeva *Harry Potter*. I capelli unti, la faccia livida, l'espressione perennemente bloccata in quello che sembra un disgusto dolorante.

Prende una sigaretta dal pacchetto sul cruscotto. La accende. Non apre il finestrino. La specie di sorriso, dopo la prima boccata, non c'è più. C'è il disgusto dolorante, però: sempre più chiaro.

«Da un paio di notti il santone viene qui. Lo abbiamo visto. Si apposta lì, all'angolo del bar, dove c'è la nicchia di Sant'Antonio, vedi? Resta fermo per almeno un'ora, guarda verso la finestra di Miriam. Stringe in mano qualcosa, forse un rosario, non lo so. È da due giorni che perdo la voce a forza di urlare contro mio marito. Lui lo difende, il santone. È il suo cazzo di fratellino. Dice che un po' di preghiere in più male non fanno. Cristo, ti rendi conto?».

Mentre lei parla io mi immagino papa Nanni. Lì, dove c'è la nicchia di Sant'Antonio.

Ci crede davvero.

È convinto che in Miriam ci sia il diavolo, o qualcosa del genere.

Non riesco a non pensare che stia venendo tutte le notti qua di fronte per proteggere me: le sue preghiere sono un tentativo per ammansire il Male, per non farlo rivoltare contro di me.

E allora guardo tua madre. E mi viene da ridere. Tiro le Camel fuori dalla tasca. Ne accendo una. Nemmeno io abbasso il finestrino. Le fisso quei capelli sporchi, quella faccia di cartapesta lasciata troppo tempo sotto la pioggia. L'aria di una persona che è caduta in così tanti baratri, così tanto profondi, che ormai non sa più cosa vuol dire posare i piedi sulla terra. L'aria di una che non può capire. Non può capire me, non può capire papa Nanni, non può capire il diavolo. Non lo capirebbe nemmeno se se lo trovasse davanti, il Male, come capita ogni domenica mattina a me e a papa Nanni. Perché tua madre vive in un'intricatissima rete di Male.

«E da me cosa vuole, scusi?».

«Voglio che gli dici che non deve mai più venire qui. Che se lo rivedo un'altra volta...».

«Ci vada a parlare lei, con papa Nanni. Di persona. Vada

al santuario. È sempre aperto, a tutte le ore. È bellissimo, sa, il santuario».

Apro la portiera e lancio la sigaretta sull'asfalto umido. Prima di uscire dall'auto la guardo per un attimo.

In mezzo alla fronte le è uscita una vena. A me mi sembra che quella vena c'ha una forma strana, una forma brutta, una forma che non dovrebbe avere.

Una forma di croce, ma al contrario.

Negli occhi – che per un frammento di secondo spalanca – le brilla una luce nera e acquosa. Piega le labbra in un modo innaturale.

E capisco: lei al santuario non vuole andarci.

Lei di papa Nanni ha paura.

E forse è meglio così, mi dico.

«Lasciatelo in pace. Lasciatemi in pace» mormoro, mentre mi dirigo verso la tua porta, e una palpitazione strana mi invade per un attimo la gola.

Quasi non ti manchi più.
Perché ti perdi, ora.
Stai scivolando via dalla luce che trema.
Sommergi, riemergi, scivoli e ti scivoli,
scorri e scalci,
in una vita che non è la tua vita,
con una voce che non è la tua voce,
tremi, come la luce,
e c'è silenzio,
silenzio

troppo silenzio, tua madre uno scheletro, pastiglie, Coca Zero, sigarette, cucinava per settimane le stesse cose, comprava cinque chili di spaghetti in offerta, cinque barattoli di sugo pronto e, per giorni, a pranzo e a cena, non si mangiava altro, lo stesso con la carne, o con il pesce surgelato, le vostre abitudini alimentari erano nel caos, però lo squilibrio tra carboidrati e proteine non aveva ancora intaccato il tuo corpo, che rimaneva asciutto, sano, invidiato, di *quella puttana della Miriam* si scriveva nei bagni della scuola, c'era una specie di rivalità feroce tra le ragazze del liceo Quinto Ennio, che però non ti scalfiva minimamente, ti faceva piacere in realtà, di *quella puttana della Miriam* si era anche innamorato qualcuno, ma tu continuavi a non cercare storie, ogni maschio ti faceva pensare a tuo padre, quel catorcio flaccido che urlava affannosamente dietro un microfono durante una perenne campagna elettorale e che poi la sera si arenava ansimante sul divano di casa con una bottiglia di Primitivo da svuotare per stordirsi e prendere sonno lì, seduto, ogni notte, e il mattino dopo riusciva sempre in qualche modo a riassestarsi, usciva di casa presto, seguito da una scia fastidiosissima di dopobarba da discount, andava dai suoi cazzo di cittadini, e da anni era soltanto silenzio, silenzio, la comunicazione tra voi tre ridotta all'osso, tua madre non aveva più bisogno di dire: «È pronto», perché capivate che era il momento di andare a mangiare sentendola sbattere i piatti sul tavolo di marmo, tuo padre non informava più di eventuali ritardi dal lavoro, non fregava a nessuno, allo stesso modo non fregava a nessuno della tua totale assenza di amici dopo la partenza della Gabry

che tanto nessuno torna
mai
a nessuno importa

così come non importava a nessuno dei tuoi voti a scuola, che comunque si mantenevano a galla in un altalenarsi di insufficienze non troppo gravi e sufficienze risicate, silenzio, silenzio, non sai se era tuo padre o tua madre a lasciarti sulla scrivania della camera cinquanta euro ogni lunedì mattina, un patto tra te e non sai chi tra loro due, un tacito *Non rompermi i coglioni chiedendo soldi, fatti bastare questi e non parliamone più*, quei soldi li spendevi principalmente in cosa?, non fumavi erba, ti ricordava troppo la Gabry, ti ubriacavi pesantemente quasi ogni sabato sera, andavi al Baby Lone, un posto abbastanza vicino, in via Chiaiese, ci arrivavi a piedi passando dalla male illuminata via Quartini, tagliando poi lungo la puzzolente via Specolizzi piena di magazzini del pesce aperti a ogni ora, riuscendo a evitare piazza Carducci gremita di tuoi coetanei di merda, il Baby Lone, una specie di pub, frequentato quasi soltanto da gente più grande di te, universitari fuori sede che tornavano per il weekend, operai single che lavoravano nelle fabbriche vicine al paese di merda e che il sabato scaricavano nell'alcol l'alienazione allegra che garantiva loro uno stipendio a tempo indeterminato, comitive di quarantenni tristi vestiti tutti uguali, camicie monocromatiche *skinny*, anche i sovrappeso o gli obesi, giacche o cappotti tutti identici, pantaloni a sigaretta, un'umanità che una volta alla settimana voleva fare finta di sentirsi giovane

e tu sei lì
ci sei
ti perdi
tremi
come la luce

la luce gialla dei lampioni faceva sembrare l'asfalto qualcosa di radioattivo, per tornare a casa dal Baby Lone prendevi una strada più lunga, camminare ti faceva sentire meglio, smaltivi le Corona bevute al pub, una strada più lunga che costeggiava la zona di campagna di Santa Venardìa, una strada sempre deserta, che ti permetteva di passare vicino a quella casa, quella casa, i fuochi, il nero, gli occhi, il suono ossessivo, non li avevi più rivisti, ma avevi visto sempre delle luci tremolanti, luci di candela, che si muovevano dietro le finestre della casa, una casa di un solo piano, nel nulla incorniciato da ulivi e terra rossa, come migliaia di altre case attorno al paese di merda, quella casa, diversa, magnetica, rimanevi ferma a osservarla ogni volta, ogni sabato, per non sai quanto tempo, fino a vedere un'ombra passare davanti alle luci tremolanti, le candele spegnersi una a una, riprendevi la strada di casa, percorrendo le vie meno illuminate, come se ti vergognassi della tua stessa ombra, le strade buie come te, nera dentro

       e quindi è forse meglio qui
       dove ogni ricordo trema fino a sparire
       e non c'è più dolore
       qui
       dove tra poco non ci sarai nemmeno tu
       forse
       meglio
       qui
       dove non detesti tutto il tuo nero dentro
       dove non ti detesti

che alla Gabry non hai scritto mai, anche se la sua assenza ti mangiava dentro in ogni momento, non hai scritto, perché era lei a dover tornare, e lei non tornava, e allora ti sentivi la protagonista di quelle canzoni che a lei sembravano tanto tristi, avresti potuto ascoltare *Burn the remembrance* o *Are you there?* e piangere davvero, sì, davvero, mettevi a fuoco tutto ciò che c'era tra te e il mondo fuori, tutto era cenere

       nella luce gialla
       che trema
       che sembra radioattiva

c'è una macchina blu, l'odore di birra,
qualcosa che ti nasce dentro,
ci sei tu,
ci sei,
come non c'eri mai stata

e sono state molte le notti passate rileggendo i messaggi
mai inviati, *Nessuno ha mai fatto la differenza*, *Non hai mai
amato nessuno*, il numero della Gabry cancellato, la promes-
sa silenziosa di odiare a priori ogni gesto d'amore

ma tu ci sei stata
in qualcosa che fievolmente forse
è stato un gesto d'amore
tu ci sei
la luce trema
c'è
lui
una luce
una voce
che trema

«Ci sono io. Tieniti a me».

Ciao.

Mio padre dice che ora prova a capire se la situazione con gli sbirri si può risolvere in qualche modo, che dice che mi vede troppo distrutta per questa situazione, questa situazione tua dico. Dice che secondo lui è bene se riesco a venire da te, sta incazzato con me, molto, però si è reso conto, insomma, e niente, dice che mò vediamo.

Che intanto c'è pure mia madre, che dice che secondo lei bisognerebbe parlare con papa Nanni, che dice che lei, quando abitavamo lì, è andata tante volte da lui, che lui è capace di intervenire, dice mia madre, usa questa parola, "intervenire", intervenire nel senso che fa cose di Dio. E mia madre dice che dato che papa Nanni è parente tuo potrebbe fare qualcosa di grosso, insomma, e secondo lei dovrei andare a parlarci io, se riesco a scendere, dato che papa Nanni sta litigato con la famiglia tua.

E io non so, a me queste cose mi sembrano tutte stronzate, che secondo me tu non hai mica bisogno di cose di Dio, o forse sì, non lo so, cosa ne posso sapere io? Che alla fine sono una che rompe tutte le cose che tocca, una che non riesce nemmeno a scriverti un messaggio, e poi passano anni, e noi l'ultima cosa che ci siamo dette è stato tipo un vaffanculo, perché io il coraggio di dirti che mi dovevo trasferire a Bologna non ce l'avevo avuto, fino all'ultimo momento, e ho fatto finta che era una cosa da niente, mi ricordo che ti ho detto che tanto poi tornavo, e però no, ancora non lo sapevo, ma ora lo so, che nessuno torna mai, porca puttana.

Mi dispiace però che sto facendo questa cosa delle registrazioni e alla fine finisce che parlo solo di me. E se parlo solo di me finisce quindi che parlo di cose tristi. Che poi non è che mi dispiace, in realtà: mi sta proprio sul cazzo, questa cosa, questo modo in cui sono fatta, che sicuramente ti sto sul cazzo pure a te, e però magari ti sto così tanto sul cazzo che ti faccio svegliare, che senti la voce mia registrata e ti innervosisci così tanto che ti svegli solamente per mandarmi affanculo. Sarebbe bello. Sarei contenta.

Come quella volta che il professore prete che ci insegnava filosofia ha iniziato a parlare di cose di morale, che tu stavi lì tutta stesa sul banco, con la testa sul libro e gli occhi chiusi, e poi il professore prete ha detto tipo che ognuno di noi ha una morale autonoma, che ce l'ha data Dio, questa morale qui, e quindi è come se sotto sotto siamo tutti buoni, tipo. E tu hai aperto gli occhi, spalancati proprio, e hai alzato la testa, e ti sei incazzata tantissimo col professore prete, gli hai detto tipo: «Ma che cazzo ne sa lei, di morale? Lei che non scopa nemmeno?», una cosa così. Che casino, e che ridere.

Che se ci penso la vita nostra, quegli anni lì, era tutto un casino e tutto un ridere. E mò dico una cosa un po' sdolcinata forse, ma io voglio che ce la prendiamo di nuovo, quella vita lì. Voglio mandare affanculo questa Bologna di merda, le case degli universitari, i pavimenti appiccicosi sotto i portici che puzzano di ammoniaca, non voglio più sedermi per terra a bere Peroni grosse, non voglio più farmi toccare dalle tipe che hanno le dita ingiallite dalle sigarette rollate male.

Voglio che vieni qui, o che io vengo lì, o che proprio ce ne andiamo via da qualche altra parte, non lo so, alle Eolie, andiamo a vivere per sempre alle Eolie, ci apriamo un giardino botanico, ci riempiamo la casa di dischi e di poster e ci obblighiamo a non fumare in camera da letto, così i muri non si fanno gialli, e poi la notte tu mi racconti che ogni tanto hai paura di dormire, hai paura di tornare in coma, e io ti dico che no, che mica può succedere, e tu mi dici che io non posso saperlo, e io poi ti dico una frase stupida, una di quelle che non c'entrano niente, e allora accendiamo la televisione, mettiamo *Il Signore degli Anelli* per la millesima volta, tu ti tappi le orecchie quando i Nazgûl fanno quel verso che odi, e stiamo lì così, fino a quando non ci addormentiamo.

Mi rendo conto, adesso che ci penso, che vorrei tornare lì. Lì dove stavamo io e te. A bruciare menta in un giardino, a dormire insieme in un letto stretto, a dirci due cose stupide ma che alla fine è come se ci siamo dette un sacco di parole importanti. Io è lì che voglio stare. Era lì, con te, che ero veramente io. Se ci penso. Sembra che ho parcheggiato la parte più vera di me, che magari non è la parte migliore, ok, ma almeno è la parte più vera. E questa parte vera se ne sta parcheggiata, insieme a te, in coma.
Non so se questa che ho detto è una cosa fuori luogo.
Ma secondo me hai capito cosa voglio dire.
Tu capivi sempre cosa volevo dire, anche quando non dicevo niente. Tu solamente c'hai questa specie di superpotere. Tu solamente. E io non posso far finta di niente. Ci voleva

una tragedia enorme come questa, sì, per farmelo capire. Ma almeno l'ho capito. Io devo stare lì, con te: tornare a quando eravamo due ragazzine, quasi bambine, e voglio starmene sempre lì, in quel mondo, in quello stato d'animo.

Le tragedie forse servono a questo. Se Dio esiste ce le manda per questo, le tragedie: per capire dov'è che vogliamo stare. E con chi. No?

Che io me lo ricordo quello che mi hai detto quella sera, l'ultima sera che ci siamo viste. Era una cosa che l'avevi letta in qualche libro di quelli che piacciono a te. Che l'amore deve essere produttivo, non riproduttivo. Me la ricordo bene, questa cosa. Sembrava che non ci ho fatto caso, quella sera, lo so. Ma tutte le cose che mi hai detto tu, tutte, io me le ricordo, sai. E questa dell'amore produttivo, io sento che me la passo dentro la bocca tutti i giorni, tipo un cubetto di ghiaccio, questo pensiero, nella bocca, non vuole sciogliersi. Una cosa così, non so se riesco a spiegarmi, mi è venuta fuori una specie di metafora, ma non so se riesco a spiegarmi.

Comunque, quello che voglio dire è che io ci penso sempre, specialmente quando mi capita che vado con un maschio, mi sento che faccio schifo, come se ti sto tradendo. Sì, non ci credi, lo so. Ma è così. Perché quella cosa dell'amore produttivo, insomma, io penso che l'ho fatto solamente con te.

Ecco, l'ho detto. Mi vergogno un casino.

Ma vabbe', tanto magari non le senti nemmeno, 'ste cose, no? E spero proprio che non le sente nessun altro.

Senti, stavo pensando una cosa. Spero che quella specie di morosino che la dottoressa dice che viene a trovarti è uno a posto, uno che riesce a dirti le cose stupide al momento giusto, uno che non sparisce, uno che torna, uno che c'ha il coraggio di mandarti un cazzo di messaggio e provare a fare pace. Uno che non ti lusinga e poi ti inganna, uno che lo sa dove ti piace essere toccata, uno che ti sa fare la treccia ai capelli, uno che ti accompagna nei negozi di prodotti biologici quando decidi che vuoi farti l'henné. E insomma, io lo spero, che altrimenti gli apro il culo, a questo morosino che ti sei trovata.

Vabbe'. Ciao allora.

Spero che non ti sogno pure stanotte.

Che altrimenti mi sveglio di nuovo con gli attacchi di pianto. E mica è bello. No?

Che poi finisce che sono io che ho bisogno di andare da papa Nanni e chiedere un qualche miracolo e altre cose di Dio.

Sto scherzando.

Ecco, però, di nuovo che mi metto in mezzo io. Faccio proprio schifo. Un amico mio, che poi abbiamo litigato e non ci parliamo più, ha detto che sono una narcisista patologica. A me ha dato fastidio la parola "patologica".

Vabbe'. Se non vuoi più vedermi c'hai ragione.

Ciao.

Ah, ultimissima cosa. Che secondo me è importante. Ascoltami bene, però.

Non voglio che mi manchi.

Cazzo. Miriam. Non voglio che mi manchi.

La faccia distrutta. Il corpo che ciondola tra l'altare e le pareti, mentre stringe tra le mani dei ciuffi di menta abbrustolita. Sta purificando il santuario, vuol dire che ha da poco concluso un esorcismo.

«È stato faticoso?».

Non mi risponde. Negli occhi ha una stanchezza che non gli ho mai visto prima. Una stanchezza che forse è altro. Tristezza.

Tiro fuori il tamburello dalla custodia. Lui continua a vagare per la stanza, mormorando cose incomprensibili con gli occhi socchiusi. La menta rilascia un odore che non ho mai capito se mi nausea o mi piace.

«Vorrei suonare. Penso che ne ho bisogno» provo a dire con una voce neutra. Il fatto è che ne ho bisogno veramente. Mi serve quella specie di sparizione che riesco a ottenere quando mi metto a suonare per bene, che sembra che non c'è niente, soltanto io, le mani, il suono, e un niente, un niente bello che ci starei dentro per sempre. Ne ho bisogno.

Apre la porta e fa scivolare sull'uscio i residui di menta, sussurrando un Amen. Esce per un attimo, dalla finestra lo vedo staccare alcune foglie da una piantina sul davanzale. Quando rientra finalmente mi guarda, mentre richiude la porta e si abbandona su una sedia vicino a me. Raccoglie da terra una ciotola di legno con dei residui di cenere.

«Sai cos'avrei voluto? Una comunità. Un gruppo di persone che abita qui, che dorme, mangia, prega, che fa vivere questo luogo. L'avrei voluto tantissimo». Mentre parla sbriciola le foglie che ha raccolto e le fa cadere nella ciotola.

Capisco che è uno dei suoi metodi per arrivare a parlare di qualcosa di importante. Lo capisco dallo sguardo fisso verso l'angolo dove c'è il tabernacolo.

«Hai tanti fedeli. Vengono ogni settimana. In chiesa non ci va così tanta gente. Non ti basta?».

«Sono sempre solo. Io e Dio. Io e il Male. Io e qualcosa di intangibile. Non c'è mai nulla di vivido, qui. Nella mia vita».

È strano. La voce gli si è piegata in modo impercettibile, incrinata, con una nota quasi stridula. Da una tasca interna del tabarro tira fuori una piccola fiala. La apre e ne versa il liquido nella ciotola. Con la punta delle dita inizia a mescolare.

«Dio è vivido. Il Male è vivido. No?».

«No. Sai cos'è vivido? Tu che suoni il tamburello sei vivido. Il vino che bevo la sera è vivido. Una donna che si sveglia al tuo fianco ogni giorno. Quello è vivido. Una donna che la sera si lega i capelli in una treccia prima di mettersi a letto. E al mattino tu la aiuti a sciogliere quella treccia. E le baci la nuca. Quello è vivido».

Afferro una sedia e mi siedo accanto a lui. Dove cazzo vuole arrivare? Lo guardo in un modo che sembra che lo voglio interrogare. Ha gli occhi pieni di lacrime. È stranissimo vederlo così, sentirlo parlare di 'ste cose.

«Vuoi dire che vorresti una donna?».

Ride, ma solo con la bocca. «Non capisci, vero? Dammi l'accendino».

Rido pure io, solo con la bocca. «Come sempre, no? Non capisco mai, io». Gli passo l'accendino, per un attimo le mie dita sfiorano le sue, unte, e sento una specie di scossa sgradevolissima.

Accende le foglie spezzettate, stringe la ciotola tra le mani. Si piega in avanti, con i gomiti sulle ginocchia. Sposta lo sguardo improvvisamente, fissandolo su di me come se gli fossi apparso lì davanti in quel momento. «Andrea, io ti devo salvare. Tu credi di essere venuto qui un anno fa con l'idea di imparare il tamburello, o forse con la voglia di scoprire qualcosa di questo strano personaggio che abita vicino a casa tua. Ma in realtà sei venuto qui perché Dio ti ci ha mandato. Lui ha la visione di tutto. Lui vedeva quello che sarebbe stato. Lui sapeva che saremmo arrivati qui, oggi: con te prigioniero di un amore malato che ti devasterà la vita se io non ti salvo».

Vorrei arrabbiarmi, difendermi da queste sue idee, considerarle pazzia e basta. Vorrei – dovrei – dirgli di non toccare mai più questo argomento, che lui non sa un cazzo, non sa che cazzo è l'amore, lui che se ne sta qua rintanato da anni a parlare con Dio. Invece abbasso la testa. Resto zitto. Perché l'aria viziata dalla menta bruciata mi entra nei polmoni, e la luce del santuario si fa strana e densa, e mi formicola il petto: il senso di colpa, davanti a un Dio che qua dentro sembra vero più di ogni altra cosa, vivido, cazzo, vivido eccome.

«Andrea, io so cos'è l'amore. Diciotto anni fa qui con me viveva una giovane donna. Si chiamava Miriam. Aveva gli occhi azzurri e grandi. Uno spazio tra gli incisivi le rendeva il sorriso dolcissimo. I capelli rasati. Mi era devota. E io ero devoto a lei. La forma più alta d'amore, la devozione. Non credi?».

Sollevo la testa e apro la bocca per dire qualcosa, ma lui si alza e si trascina con la sedia più vicino a me. «Sì, si chiamava Miriam. Ed era incredibilmente identica alla Miriam che tu vai a trovare ogni giorno. Era sua zia, la sorella di Mara. Non avrei mai immaginato che mio fratello avrebbe potuto generare una figlia tanto identica alla mia compagna, dandole anche lo stesso nome. Ma Dio, come sai, tesse le nostre vite come se fossero strani sogni, talvolta».

La bocca spalancata. Provo a mettere ordine nei pensieri. Provo a ottenere un quadro chiaro. Non mi è facile. Una folata di fumo esala dalla ciotola e mi raggiunge in pieno volto. «E... questa Miriam... che fine ha fatto?». Poi però sgrano gli occhi. Ho capito, forse: «È morta, vero? Per questo Miriam si chiama così. Tipo in onore di sua zia. Ho capito?».

«Hai capito». Il volto che sembra che gli si scioglie tra le rughe, un'ombra gli rende gli occhi ancora più lucidi. «È morta. Uccisa dalla troppa fede, forse: una martire. La moglie di mio fratello è convinta che sia stato io, a ucciderla. Ma quei colpi... quei colpi... io non potevo fare altro...».

«Colpi? Quali colpi? Com'è morta?».

«Mentre provava a dare vita a una creatura. Troppo sangue. C'era troppo sangue».

Si preme gli occhi con due dita, tira su col naso. Resta in silenzio per diversi secondi. Io ho la punta delle dita ghiacciata, un formicolio mi corre lungo le braccia: «Quindi è... morta di parto? Cioè, era figlio tuo?».

«È morta. Questo conta. E con lei, ovviamente, sono morte tutte le parti migliori di me. Ecco, Andrea, tu devi sapere che io non riesco a dimenticarla. Qui, nella mia solitudine, lei mi appare ovunque. Mi parla da ogni angolo di ogni stanza, la notte il suo profumo mi invade le narici all'improvviso e mi sveglia. Non sono in grado di lasciarla andare. E ora la figlia di mio fratello ha la stessa età che aveva la mia Miriam quando è morta. Ed è davvero difficile, sai. Davvero difficile».

«Cos'è difficile?».

Si alza e va lentamente verso il leggio accanto all'altare.

Apre il Libro, ne sfila un pezzo di carta. Me lo mette davanti agli occhi.

Sei tu, ma con la testa rasata.

Sei tu, che sorridi all'obiettivo, e nello stomaco sento un bruciore improvviso, così forte che devo distogliere lo sguardo. Sto per scoppiare a piangere. Dalla ciotola un altro fiotto di fumo, sinuoso, viene verso me, mi circonda la faccia.

Papa Nanni ha la mano che gli trema, mentre regge la foto tenendo stretto un angolo consumato.

«Era come il capricorno di cui si parla nei testi sacri. Un piccolo animale di mare, che attraversa gli immensi oceani solo per offrirsi come cibo al Leviatano». Rimette la foto tra le pagine del Libro. Per un po' resta fermo lì, in piedi, accanto al leggio, rivolgendomi la schiena. «È difficile accettare che nel mondo esista un'altra persona così» dice in un sussurro stanco e roco. Mi sembra che un po' gli tremano le spalle.

«Cosa c'entro io? Da cosa dovrei essere salvato, secondo te?».

«Non *secondo me*: si tratta della volontà di Dio! Devo salvarti da questo amore che ti sta soffocando».

«Non mi sta soffocando. Tu non puoi sapere cosa...».

«Andrea, Miriam non può vivere. Lei è stata mandata sulla Terra contro il volere di Dio. Non appartiene ai Suoi piani. È nata dal peccato, dal Male che innerva quella casa, che possiede mio fratello e sua moglie. È nell'ordine divino e naturale delle cose: non può esistere un'altra Miriam. Come fai a non capirlo? Quella che tu credi di amare è un doppio, mandato dal Male, una riproduzione voluta dal Male. Non te ne accorgi? Hai appena visto la fotografia. Riesci a seguirmi, Andrea? È molto importante che tu capisca questa cosa».

«Ma... perché? Tutta 'sta cosa, voglio dire... perché il Male avrebbe fatto tutto questo?».

«Per punire me. È un tentativo del Male per colpirmi, per indebolire il mio potere»

«Nanni, senti, io penso che...».

«Il coma di Miriam non è un caso: è un enorme segnale di Dio che deve ricacciare via questo doppio infernale, questa persona che in realtà è solo un prodotto del Male».

«Ma tu come fai a...».

«Miriam non può vivere, Andrea».

Non gli credo.

Ma una lacrima gli percorre la faccia fino a perdersi in mezzo alla barba. E io mi sento le palpebre che si abbassano, mentre l'odore della menta bruciata ormai è così forte che quasi non lo sento più. La testa mi si fa tutta come se ho mangiato troppo pesante, sembra che si spegne il cervello. Mi sforzo tantissimo per tenere gli occhi aperti.

Non gli credo. Ma lui sì, cazzo, ci crede proprio tanto a 'sta roba. E io mi sento troppo debole. La menta benedetta, porca troia, ogni volta mi fa così.

E mi sento che sono nelle mani sue, mi verrebbe da dire solamente una cosa tipo *Fai quello che vuoi, sì, ora fammi dormire*. Ma mi sforzo. Biascico: «Vuoi dire che... non si sveglierà più?».

«Voglio dire che io sono qui per te e sarò qui per sempre. Per proteggerti dal dolore. Perché Dio è la più grande consolazione».

«Devo pensarci, Nanni. Devo capire se...».

«Non devi pensare, non devi capire. Devi solo guardare dentro di te. E con quello stesso sguardo devi osservare il mondo fuori: trovarne i segni, leggerli, farli tuoi. Credere. Solo questo».

«Credere...».

«Sì. Fa male perdere qualcuno. Lo so bene. Ma Dio non lo si può perdere. Dio resta».

«Sì...».

«Ora riposa. Chiudi gli occhi. E quando ti sveglierai suoneremo. Tutto tornerà come prima. Tutto sarà nell'ordine divino e naturale delle cose».

È seduto al bancone, accanto a te. Entrambi alla terza birra. È rimasto zitto per almeno un'ora, sembrava ti ignorasse. Poi all'improvviso, con una voce incerta: «Stavo pensando una cosa. Cioè, forse è la birra, vabbe'. Però, insomma mi sono reso conto che il mio nome è un anagramma. Veramente. *Andrea* è il nome, *Donaera* è il cognome. Ok? Ecco, se mischi le lettere viene fuori *Andrea o Andrea*. Che roba. No?».

Lo guardi con un viso impassibile. Sei abituata ai tentativi di abbordaggio da parte dei tipi del Baby Lone. Questo però rientra tra i più idioti in assoluto. Sorride, come compiaciuto di quella stronzata. Tu, dietro lo sguardo freddissimo, pensi che quasi certamente è un nome inventato, solo per fare quella battuta (fatta a chissà quante altre sventurate come te). Ma, oltre al viso impassibile e agli occhi freddissimi, c'è altro: non sai perché, sorridi.

Dice di essere di Alezio, che ha ventott'anni. Dice che per vivere fa un lavoro strano, aiuta suo padre, un cacciatore. La barba riccia, nera, lasciata crescere da troppo; la fronte alta, i capelli lisci e scurissimi, tirati indietro e stretti forte in una coda piuttosto lunga; un sorriso largo, il faccione di uno che porta con allegria i suoi venti chili di troppo; gli occhi tristi ma accesi – se fossero azzurri sarebbero identici ai tuoi, pensi.

Dice di suonare la batteria in una cover band degli Anathema. Questo per un attimo ti sembra attraente, ma poi vi ritrovate a parlare di musica per tutta la sera – o meglio: tu ascolti per ore i suoi monologhi. Non si accorge della tua noia mentre continua a parlare soltanto di settaggi, di drum-kit, di trigger, di crash, splash e spessore del rullante.

Eppure resti lì. Perché qualcosa sta succedendo.

Qualcosa di diverso.

Senza un vero motivo: un calore nella sua voce, un laccio nei suoi occhi che si fermano sulle tue mani quando cerca una parola precisa.

Non sai come, ma a un certo punto inizia a raccontare di essere stato in coma, alcuni anni fa. Un coma lungo soltanto qualche giorno, dopo una brutta caduta.

«Se avessi potuto parlare, in quel momento, non avrei saputo come esprimermi, era tutto un mischiarsi di roba». Così dice. «Era come stare dentro una specie di mare, caldo. Ma al posto dell'acqua c'erano tutte le voci di tutte le persone che avevo incontrato, tutte le parole di tutte le cose scritte che mi ero trovato davanti. Un casino, insomma. Strano».

«Strano bello o brutto?» gli chiedi.

«Non lo so. Penso sia meglio la vita normale, non quella. Qualsiasi vita normale, intendo. Pure quelle vite che possono sembrare una merda, piene di guai. Gli esseri umani sono mossi dalla speranza, no? La speranza che le cose cambino. Se stai in coma non speri, non c'è un cazzo. Se vivi, invece, pure che vivi una vita brutta, almeno un po' speri che prima o poi cambia. E ogni volta che speri metti in moto tutta 'na serie di cose, emozioni, che secondo me sono belle da provare. In coma no, invece, non c'è 'sta cosa. È strano brutto, penso». Fa una faccia seria, gli occhi fissi sulle tue dita.

Sgrani gli occhi, sperando che lui non se ne accorga.

Ha toccato una parte di te che non sapevi nemmeno di avere.

Poi all'improvviso è come se tornasse indietro da un posto scurissimo della sua mente, si volta verso di te, fa un sorriso largo e naturale. «Comunque, ti stavo dicendo, le bacchette in carbonio sono sempre migliori se vuoi fare brani veloci».

«Non mi importa niente della tua batteria».

Finisce in un sorso la sua birra, per poi annuire energicamente e con una faccia serissima: «Nemmeno a me. Pensa che non è nemmeno vero».

«Cosa?».

«La faccenda della batteria. In realtà suono soltanto il tamburello».

Non sai perché, ma non ti infastidisce. Scoprire che ti ha riempito di stronzate non ti disturba. Forse a causa della semplicità con cui lo ha ammesso. O forse perché qualcosa di diverso sta succedendo. Non sai cosa. Ma sta succedendo.

«E allora perché hai parlato tutto 'sto tempo di batterie?».

«Perché volevo fare colpo su di te. Ti avrei voluto parlare di altre cose, ma avevo paura di non sembrarti interessante».

«Ma che stronzata, dai».

«Perdonami, è solo che...».

«Di cosa avresti voluto parlare?».

«Non so... per esempio, ecco, tipo che ieri ho sentito al telegiornale che in America c'è un uragano a cui hanno dato il tuo nome».

«Ah, sì?».

«Sì, questo è vero».

«Bello. Mi piacerebbe vivere lì».

«In America?».

«In un posto dove c'è un uragano che si chiama come me».

«Anche a me piacerebbe. Se poi muoio l'ultimo pensiero è che sto morendo per colpa di una cosa che si chiama Miriam. Mi piacerebbe».

«Matò. Sei sempre così sdolcinato?».

«Non sto esagerando, fidati».

«Mi hai appena detto che hai mentito per tutta la sera, c'è poco da fidarsi».

«Sì ma quando parlo di amore e di morte non mento mai».

«Ma quale amore? Che cazzo dici?».

«Niente. Era così, per dire. Una frase a effetto».

Una parte di te che non sapevi nemmeno di avere.

Vorresti dirti che il sesso avviene con la complicità delle otto Corona. Ma invece no, nella sua auto il sesso avviene perché quella parte di te che non sapevi di avere si è mossa. E ha innescato qualcosa. Ha disseppellito richieste e desideri che non avevi mai voluto.

Qualcosa è successo.

Qualcosa di diverso.

Senza un vero motivo.

Il tuo corpo, nell'abitacolo stretto della sua Matiz, si muove come se domandasse: il suo si muove come se rispondesse.

Domande disperate.

Risposte sbagliate.

E c'è un futuro anteriore, c'è una te che si sveglia ogni mattina, in una casa che è tua ed è vostra, un Andrea che al mattino ti sbroglia la treccia che ti fai ogni sera prima di metterti a letto, un bacio sulla nuca prima di alzarsi e andare di là a preparare il caffè, una te che in quel rituale trova tutto ciò che non hai mai avuto, un Andrea che un giorno però esce dal letto e va di là, non ti scioglie la treccia, non ti bacia la nuca, comincia a scappare dal labirinto che sei, per non tornare mai più, come tutti, fino a quel mattino in cui non ci sarà più un Andrea nella casa che è tua e vostra, nel letto ci sarà soltanto una te stesa con gli occhi bellissimi e devastati.

Qualcosa è successo. Qualcosa di diverso.
Il tuo corpo che domanda disperato.
Il suo che risponde.
Risponde.
E il futuro anteriore, a ogni risposta, diventa più nitido e terribile, più a fuoco e tangibile. E piangi.
«Sei bellissima».
«Resta dentro».
«Sei sicura?».
«*Ti voglio dentro. Ti voglio bene*».[*]

Poi lui sorride, mentre fuma. Gli occhi di uno che è nella vita davvero, come se da questo momento si fosse aperto un nuovo capitolo 1. Gli occhi di qualcuno che dovrebbe esserti sconosciuto: ma che invece sembrano lì da sempre. Lì per te, per dirti che qualcosa è successo. Qualcosa di diverso. Per dirti: *Conoscimi. Fatti conoscere. Non rivestirti mai più. Fai domande. Prendi le mie risposte.*

Fumi anche tu, non dite niente.

Accende la musica, mette una versione acustica di *Are you there?* Senti un nervosismo scorrerti lungo i ricordi. Non la volevi più ascoltare, questa canzone. Quel testo su di te ha sempre avuto un effetto tragico.

[*] M. De Angelis, *Dovunque ma non*, in *Biografia sommaria*, Mondadori, Milano 1999.

Il viso della Gabry?, il suo sorriso tossico?, la sua tosse roca prima di raccontare qualcosa?, la sua lingua sul tuo alluce?, il suo *lì sotto* senza peli?, i suoi capezzoli che sembravano di madreperla?

È per l'assenza della Gabry così vivida e fuori luogo, adesso, al centro del tuo labirinto, che scendi dalla macchina improvvisamente. O no, forse è colpa solo e soltanto del futuro anteriore che è terribile e meraviglioso, è colpa di questo voler conoscere tutto di lui, di questo sentire che ti sembra pericoloso, che ti fa sentire dentro qualcosa che trema e striscia.

Prendi quasi di corsa la direzione di casa.

I know you'd do no harm to me.

Ti segue, chiamandoti. Gli dici, senza fermarti: «No, veramente, lasciami stare, voglio tornare a casa».

E lui, camminandoti ormai accanto: «Ti accompagno io, dai, fa freddo».

Ti fermi, ti accendi un'altra sigaretta. Cerchi un tono gentile. «Grazie, Andrea. Ma va bene così, preferisco così. Voglio camminare».

Ha gli occhi feriti. Sinceri. E buoni.

Occhi da persona che non può farti del male.

«Ma ho detto o fatto qualcosa di sbagliato? Dimmelo, Miriam. Per favore, voglio saperlo».

Ti viene da sorridere. Quella frase, quanti ragazzi te l'hanno già detta? Devi ancora una volta scegliere tra la sincerità brutale e la finzione squallida. Di solito scegli la finzione.

Sorridi, amara, ostile, e guardi i suoi occhi da persona buona. E non sai perché stavolta scegli la sincerità. Brutale. «Ho appena scopato con uno che sa parlare soltanto di se stesso, addirittura fingendo di essere quello che non è. E a me non me ne importa un cazzo. Ed è stata anche una scopata che non mi ha lasciato nulla. Quanto è durata? Due, tre minuti? Forse meno, vero? E sono già stanca di tutto questo, Andrea. Sono stanca. Tra me e te non ci può essere niente. È andata così, come va così tante volte. Metti anche la mia fica nel tuo curriculum da scopatore, e lasciami in pace. Voglio andare a casa».

I suoi occhi si sono induriti. Sempre buoni, ma come coperti da un'ombra. Annuisce, muovendo lentamente la testa. Ti aspetti che dica qualcosa di risentito. Invece: «Hai ragione». E allunga un braccio verso di te, senza smettere di guardarti negli occhi. Fai un passo indietro, ma lui ti raggiunge, riesce a sfiorarti una guancia con la punta delle dita.

Una carezza.

«Hai ragione, davvero. Mi dispiace».

Non ti guarda più.

Ha messo la mano in tasca, tira fuori un pacchetto di Camel morbide mezzo distrutto.

Parla fissando un punto lontano dietro di te: «Mi dispiace. Non so dirti altro. È solo che, ecco, non è che voglio sembrarti patetico o esagerato, ma insomma... è che penso sia stata la serata più bella della mia vita. No aspetta, non ridere. Dico sul serio. Cioè, Miriam, il fatto è che ti guardo da mesi, da lontano. Quando vai in quella libreria ad Alezio, tutte le settimane, be', io abito nel palazzo di fronte. E, insomma, avrei voluto provare a... una volta ti ho vista che entravi lì, sono sceso per strada, ho pensato di aspettarti, poi tu sei uscita, avevi in mano un libro che è uno di quei libri che io penso che è tra quelli che mi piacciono di più, quel libro di poesie che si chiama *Biografia sommaria*. E questa cosa, non so, mi sono sentito che era impossibile provare a parlarti. Perché, sai, tu sei esattamente quel tipo di ragazza che... non so come dirlo, ecco. Voglio dire, hai due occhi incredibili. E ti vesti in un modo che, insomma... non riesco a spiegarmi, scusami. Quello che voglio dire è che oggi finalmente ho trovato il coraggio, e ho dovuto bere, perché altrimenti non ce la facevo proprio. Sai, la battuta, quella lì sul nome, la provavo da giorni. Che poi non è proprio una battuta, ma vabbe', io però pensavo che comunque volevo provare a farti ridere, ecco. Però, insomma... voglio dire, te ne sei accorta, non sono uno che riesce a stare dentro queste cose. Non sono proprio capace. Avevo paura di sembrarti un coglione. E allora finisce che parlo di me, e invento cose, e dico stronzate. E rovino tutto. Lo so. E quindi, sì, hai ragione. Io sono normale. Tu sei speciale. E hai ragione, ma mi dispiace. Mi dispiace, cazzo».

Zitti, sotto la luce gialla di un lampione che rende la pelle di entrambi di un colore assurdo, come qualcosa di radioattivo.

Provi una sensazione molto simile alla tenerezza. Se ne sta lì, radioattivo, con lo sguardo basso, la sigaretta consumata in pochi tiri profondissimi.

Non sai cosa dire. Sai solo che sei pentita di aver detto quelle cose. Quella non era sincerità brutale. Era un muro di parole attorno al tuo labirinto.

C'è qualcosa di sbagliato. Sei a disagio. Non vuoi lasciarlo così, da solo, sotto quella luce orribile.

Odi sentirti in questo modo. È nuovo.

And it couldn't be more wrong.

Improvvisamente senti qualcosa di freddo su uno zigomo, come un insetto bagnato – ti colpisci il viso, come per scacciarlo. Sul palmo hai i resti di una lacrima, nera di mascara.

Andrea adesso ti guarda di nuovo, la fronte aggrottata, la bocca mezza aperta come se stesse per parlare.

«Vabbe', allora io vado. Ci si vede» dici frettolosamente, mentre gli volti le spalle.

«Mi puoi almeno avvisare se arrivi a casa sana e salva?».

«No. Non ti preoccupare. Buonanotte».

«34630546712».

Perché quelle lacrime adesso stanno scendendo senza possibilità di fermarle? Che senso ha piangere, così, così tanto, e senza un cazzo di motivo?

Sbagliato, tutto.

Senza voltarti e senza smettere di camminare, tiri fuori il telefonino. Digita numero. Salva in rubrica. Digita nome. ANDREA O ANDREA.

Fa freddo. Sembra più buio del solito. Lungo le gambe ti cola un rivolo umido.

Le candele del santuario sono già spente.

Un'ombra strana, forse, sulla porta. Un'ombra lunga, strisciante. Acceleri il passo.

Sana e salva

Bene! Buonanotte allora
Grazie per aver scritto

Scusa

Di cosa?

Sono una stronza

Non è vero

Allora mi vuoi rivedere?

Ah... non mi aspettavo 'sta domanda

                                                Neanche io

Ti chiamo domani?

                                                        Ok

E comunque non sei stronza

                                        Ok. Però non correre

In che senso?

                                        Non rimanerci male
                                          È che sono stanca
                              E voglio camminare, ora. Piano

E io ti posso accompagnare?

                                            Vediamo. Piano

Va bene

                                    Chiamami domani. Notte

Sì. Buonanotte

DOMENICA

ANDREA

Non suono da troppo, la mano non ha più la decisione che dovrebbe avere, non colpisce decisa dove deve colpire, non c'è più la scioltezza, quella scioltezza che per ottenerla ti ci vogliono mesi e mesi di esercizio quotidiano, ma che poi per perderla ci vuole un niente, un attimo.

Lui se ne rende conto appena colpisco il tamburello: un solo suono e scuote la testa, mi guarda ferito. Ma non dice niente. Da una tasca interna del tabarro sfila una boccetta di olio. Ne fa cadere sette gocce nell'acquasantiera che sta vicino alla porta del santuario. So cosa devo fare.

Ora, che ho la faccia e i capelli tutti bagnati di acqua benedetta, sento che qualcosa mi scorre, dentro le vene proprio, dentro le arterie, 'na cosa che mi brucia, ma bello, come quando senti una canzone che ti piace tantissimo, una canzone che è esattamente quello che volevi e dovevi ascoltare in quel momento, e allora senti 'na cosa che ti brucia, che ti prende i lombi, ti sbatte per un attimo dentro il petto e crea una specie di riverbero fino alla gola.

«Proviamo» e mi posiziono. Lui scivola dietro di me.

Primo colpo con il pollice. Poi uno con la punta delle dita. Il terzo colpo è il più difficile, va dato con il dorso della mano, rapidissimo ma deciso, per poi colpire di nuovo con la punta delle dita.

«Iniziamo piano, lenti» lo sento dire, mentre il suo petto

187

aderisce alla mia schiena. La sua mano destra che sfiora la mia. La sinistra a reggermi l'altro polso.

Iniziamo piano, lenti. I colpi diventano sempre più precisi. E più rapidi. E più forti. Più rapidi e più forti. La sua barba sulla mia nuca. Il corpo che si muove appoggiato al mio. Più rapido, più forte. Tra i capelli sento il suo respiro, che a un certo punto si fa voce. Si fa canto. *Libro d'amore.* È come se non è mai esistito niente se non io e lui: io e lui per come siamo adesso, questo momento, questo tamburello, questi colpi rapidi e forti, questa voce, questa canzone. Non ci sono i tuoni, non ci sono le gocce di pioggia fortissime che sbattono sul finestrone del soffitto. Non c'è niente, non c'è stato mai niente, solo questo.

«'Sto cazzo di diluvio di merda...».

È come se una cosa si rompe, proprio come se un oggetto cade per terra all'improvviso e fa un casino, che ti spaventi e al contempo però ti innervosisci.

Tua madre è lì, una spalla contro lo stipite della porta del santuario, come se è troppo stanca per reggersi in piedi da sola. Gli zigomi che sembrano poter bucare la pelle sottile, le labbra arricciate in una cosa che forse vuole essere un sorriso. L'ombrello fradicio abbandonato a terra.

Mi volto verso papa Nanni, che ha la bocca mezza aperta, gli occhi che sembrano una fessura nerissima sotto le sopracciglia bianche che un po' gli tremano. Le braccia gli scivolano lente lungo i fianchi. Si inumidisce un paio di volte le labbra prima di riuscire a dire: «A cosa devo questa visita?».

Tua madre solleva le sopracciglia, quella specie di smorfia

si allarga: «Non dormo da un mese. Non ho tempo di fare giochetti e teatrini. Lo sai perché sono qui».

Lui incrocia le mani sul petto, come quando ascolta le persone che vengono qui chiedendo un esorcismo: «Nessun teatrino. Non parliamo da diciotto anni. Il mio stupore è sincero».

«Non mi sembri stupito. Mi sembri scocciato» dice lei, mentre si stacca dallo stipite, e a passi lenti avanza verso di noi. Guarda soltanto papa Nanni. Io è come se non ci fossi. Fino a quando non è a un metro da noi, e mi punta gli occhi addosso. Mi sento una roba inutile e sporca, mentre mi guarda, e dice: «Ci lasci soli? Grazie». Esito un attimo, ma papa Nanni con un rapido cenno mi fa capire che devo andare nella camera sua.

Provo a dire: «Se volete me ne vado proprio».

«No, no, resta. Dobbiamo concludere la lezione. La signora non si tratterrà a lungo» risponde lui, con gli occhi puntati in quelli di lei. Muove la testa lentamente all'indietro, una specie di sorriso, cioè, più che altro un alzare un lato del labbro.

Tua madre sembra non ascoltare. Si guarda attorno in un modo vagamente interessato, come quando nei sogni finisci in un posto assurdo, ma sai che è un sogno, e che è inutile capirlo davvero, il posto in cui sei.

In camera di papa Nanni ci sono entrato poche volte. Puzza in un modo strano, di libri vecchi e pesce fritto. Mi ricorda l'odore del libro di *Harry Potter* che mi leggeva mio padre. Che lì, mentre io ero steso nel letto, mio padre con la luce dell'abat-jour puntata sulle pagine, lì quell'odore mi piaceva. Qua invece mi viene 'na specie di nausea.

Non c'è niente, qua dentro: un letto, un crocifisso, una

finestra minuscola, un baule enorme. Appoggio sul letto il tamburello. L'aria qui è come se fosse fatta di sassolini impercettibili che ti scorrono addosso. Come se la Terra pesa più di quanto pesa di solito. È come se qua sono successe cose. Cose brutte, penso. Per forza. Altrimenti l'aria sarebbe diversa, penso.

Sto vicino alla porta, la tengo aperta per farmi arrivare un po' di aria diversa. E per ascoltare cosa dicono. Se metto la testa leggermente fuori riesco pure a vederli. Si guardano in un modo che sembra quel gioco che fanno i bambini, di fissarsi negli occhi e poi chi ride per primo perde: ma qua è come se invece di scoppiare a ridere potrebbero da un momento all'altro esplodere in qualche altro modo, tipo che si mettono le mani al collo, una cosa del genere. Tua madre c'ha gli occhi prosciugati, e sembra che non respira. Papa Nanni sembra avvolto da una specie di luce vaga, come se è circondato da un'energia – a me, almeno, nella testa mi si fa questa immagine. Mi sento un'ansia nel petto. Sento che davanti a me c'è una situazione che non dovrebbe esistere, in nessuno spazio temporale quelle due persone dovrebbero starsene l'una di fronte all'altra in quel modo.

«Lucio lo sa che sei venuta?».

«Ovviamente no. Il tuo bel fratellino del cazzo mi avrebbe detto di lasciar perdere. E mi avrebbe promesso di venire lui a parlarti. Cosa che ovviamente non avrebbe fatto».

«Peccato. Non mi sarebbe dispiaciuto rivederlo».

Fa una voce bassa che mette molta più paura di qualsiasi urlo: «Senti, lascia perdere questa merda di ironia con me, va bene?».

«Non sono ironico». Ma io lo sento che sotto la barba

c'ha un sorriso di quelli minuscoli che fa lui: «Parlare con Lucio è una delle cose che mi manca di più».

«Dovevate andarvene a vivere insieme da soli, voi due, due psicopatici, su un eremo affanculo lontani da tutti».

Il sorriso sento che gli si è appassito: «Non vi siete mai amati davvero. Voi due».

«Stai zitto» ansima, poi è come se sputa: «Non permetterti di giudicare la mia famiglia. Non ti basta averla devastata?».

«Mara, tu lo sai bene che io non ho...».

«Non chiamarmi per nome. Non parlarmi con quella voce calma del cazzo che usi per prendere per il culo chi viene qua».

Papa Nanni fa una risata rauca improvvisa, e le dà le spalle. Va verso il tavolo e riempie di vino santo due bicchieri. Fa finta che la cosa che lei ha detto non lo abbia scalfito, ma io lo so che dentro c'ha tutta 'n'incazzatura: «Ti posso offrire un bicchiere di vino benedetto?».

«Ma vaffanculo». La voce di tua madre sembra che c'ha soltanto una nota. Una specie di apatia stonata, come se in gola c'ha un disco vecchio tutto rovinato.

Papa Nanni resta in piedi accanto al tavolo, inarca un poco le spalle e si schiarisce la voce: «Mi dispiace molto per la situazione di vostra figlia. Chiedo sempre aggiornamenti ad Andrea».

«Se ti vedo un'altra volta fuori da casa mia, di notte, esco con un coltello in mano e ti sventro».

Un brivido violentissimo mi smuove così tanto che quasi c'ho paura di cadere a terra. C'ho paura che lo possano sentire pure loro, 'sto corpo che per un secondo è completamente fuori controllo.

Papa Nanni beve un sorso di vino e fa una pausa che sembra lunghissima. Poi, incredibilmente calmo: «Ti crea un fastidio così grande se qualcuno prega per la ragazza? Non vengo lì per fare altro. Soltanto pregare per lei. È pur sempre mia nipote. E la volontà di Dio va oltre ogni astio umano».

Ora a ridere improvvisamente è tua madre: «Sì, va bene, la volontà di Dio. Ma la volontà mia, a casa mia, conta più della volontà di Dio. E tu lì non devi mai più venire. Te lo ripeto: non chiamo nemmeno la polizia, esco direttamente io e ti apro come una cozza».

«Dopo diciotto anni sei venuta qui solo per dirmi questo? Continui a odiarmi nello stesso identico modo?».

Lei fa un sospiro profondissimo, per un attimo guarda nella mia direzione e allora rimetto immediatamente la testa dentro la stanza: «Ti sei preso quel ragazzo come una specie di erede del tuo lavoro di merda. Vorrai sostituire quel figlio che hai ucciso, no? Cristo, quanto mi fai schifo. No, non ti odio nello stesso identico modo di diciotto anni fa. No. Ogni giorno quello che provo per te cresce, cambia. Non è più odio. È qualcosa che va oltre l'odio, o lo schifo, o il disprezzo. Io detesto vivere in questo mondo solo perché so che ci vivi anche tu».

Sento un rumore di sedia trascinata, penso sia papa Nanni che ci si abbandona sopra, come quando è devastato dal Male che invade il santuario – perché mò questo sta succedendo, per lui: il Male, eccolo, tua madre l'ha portato qua dentro in quantità enormi, e lui sa che deve combatterlo.

«Non è mia la colpa della morte di tua sorella. E del nostro bambino». Ha la voce stanca, e rotta, come non l'ho sentita mai.

Quella di tua madre invece prende un'impennata stridula: «Me l'hai portata via tu, solo tu. E lei è morta, un neonato è morto: e tu invece stai qua, vivo, con le tue stronzate degli esorcismi, dei tamburelli di merda, che ti crei addirittura degli allievi, una comunità di stupidi che si credono fedeli di qualcosa».

«Non te l'ho portata via. È lei che ha deciso di venire qui, di servire Dio, di prendersi cura di questo luogo. È stata una sua decisione, soltanto sua».

Ormai la voce di tua madre è una specie di stridio: «Ed è stata una sua decisione anche picchiarsi per mesi? Distruggersi il corpo a bastonate? Martoriarsi mentre era incinta? È stata una decisione sua? Eh? Coglione, dimmi, avanti».

E papa Nanni mò è come se tuona, sento addirittura il respiro profondo che prende prima di gridare: «Io non l'ho mai toccata!».

«L'hai uccisa tu! Per quei tuoi rituali del cazzo, quei tuoi sacrifici di merda. Tu, maledetto bastardo, non te ne rendi neanche conto».

«Io la amavo! Tutto ciò che ho fatto per lei e con lei è stato dettato dall'amore. Solo dall'amore. Sei tu che non te ne rendi conto!».

Sento qualcosa di vetro che si rompe. Forse è tua madre che ha lanciato un bicchiere.

«L'autopsia l'avete fatta falsificare tu e tuo fratello. Mi credete una deficiente, ma io l'ho capito subito. Come cazzo fa una persona ad "autoinfliggersi percosse" di quel tipo? Porca puttana, come può essere possibile? Sei stato tu! Sei stato tu!» e la voce le si sbriciola in un rantolo di pianto così disperato che sembra una bambina, e mi fa sentire lo stomaco attorcigliato, e allora mi riaffaccio, e la vedo, tua madre, che sta in ginocchio, papa Nanni in piedi di fronte a lei.

Lui allunga una mano come per toccarle una spalla, ma tua madre lo scaccia con violenza, scatta in piedi e indietreggia, le mani avanti, la testa che si scuote velocissima come a dire *No, no, non ti avvicinare nemmeno di un centimetro.*

E lui c'ha un sorriso, un sorriso, che mò in questa situazione non c'entra niente, un sorriso, e le si avvicina, lento, a piccoli passi: «Non puoi metterti a sindacare la volontà di Dio, Mara. L'orrore non è stato commesso qui, in questo luogo di fede. L'orrore è stato commesso in quella vostra casa, dove, nel pieno del dolore per la morte di una figlia prediletta del Signore, tu hai costretto mio fratello a procreare. È questo l'orrore, agli occhi di Dio».

Tua madre quasi inciampa sul leggio. Ha gli occhi sgranatissimi, sembra che le possono esplodere. Mormora, balbettando: «Ma cosa cazzo... cosa cazzo dici? Ma come ti permetti, pezzo di merda...». E papa Nanni le è quasi vicino, e non riesco a capire perché continua con quel sorriso, non capisco perché le si sta avvicinando così, cosa vuole fare?, la vuole afferrare?, benedire? Che cazzo fa?

«Possiamo tornare a parlare civilmente, Mara?» dice tranquillo, indicando il tavolo – a terra, lì accanto, un bicchiere in frantumi.

Lei fa di no con la testa: «Non mi devi toccare».

Lui sospira, e si ferma. In faccia non c'ha più il sorriso. Socchiude le palpebre. La vena sulla fronte che cresce: «Non ti voglio "toccare". Vorrei soltanto benedirti».

Un urlo che sembra poter scheggiare le pietre del santuario: «Ma cosa cazzo vuoi benedire? Vaffanculo tu e quel porco del tuo dio!».

E un silenzio. Abissale. Sento la punta delle dita raggelarsi. Vedo la sagoma di papa Nanni farsi evanescente, elettrica – gli occhi di nuovo due fessure nere, e sotto la barba una smorfia che trattiene un dolore inaudito, come se qualcuno gli avesse lanciato addosso schizzi di pece bollente. Mi palpita il respiro — la sensazione che qualcosa, ora, si è rotto per sempre.

Un tuono, in lontananza, sembra la risposta di Dio a tutto questo.

All'improvviso uno squillo. Un suono di telefono vecchio. Proviene dalla tasca dei pantaloni di tua madre. Che si blocca. Si passa le mani sul volto. Si stropiccia la faccia come se volesse strapparsela via. Poi affonda le dita tra i capelli duri di sporcizia, con un gesto che sembra che se li vuole incollare tutti dietro la nuca. Ora ha gli occhi rossi e asciutti.

Sfila il telefono dalla tasca, osserva per un attimo il numero sullo schermo, e risponde con un gesto nervoso: «Mi dica». E non parla più. Ascolta, fissa un punto del pavimento. Dopo alcuni secondi dice solo: «Sì, grazie. Tra cinque minuti sono lì».

Chiude la chiamata, lo sguardo che rimane fisso a terra anche mentre rimette in tasca il telefono. Sussurra qualcosa che quasi non sento: «Devo andare». Poi guarda papà Nanni, come se le fosse apparso lì davanti dal nulla: «Devo andare. Si sta svegliando» dice, con la voce che è tornata monotonale, il mento che le trema.

Sento un calore che dalle viscere mi sale verso le orecchie, una febbre istantanea, la bocca mi si secca, e non esiste più niente. Nient'altro. Solo quella frase: "Si sta svegliando". Nient'altro.

Non esiste papà Nanni che dice, con uno stupore che in realtà è più spavento: «Si sta svegliando? Miriam?».

Non esiste tua madre che dice, come se stesse parlando a se stessa: «Sì. Era la dottoressa. Dice che dallo stato vegetativo è passata allo stato di minima coscienza».

Non esiste papà Nanni che si volta di scatto. E viene verso

di me, zoppicante ma rapidissimo, con la faccia tirata, lasciando tua madre sola nel santuario.

"Si sta svegliando", solo questo esiste.

Varca la soglia e invade la stanza con un affanno stranissimo e pesante. Mi guarda fisso negli occhi, sibilando: «La esorcizziamo».

Non so cosa rispondere. Perché nella testa c'ho solo una frase: "Si sta svegliando". Una specie di folla, nella testa, di cose che non capisco. O che sono tutte sfocate. O che, mannaggia mia, non lo so, non lo so. "Si sta svegliando".

Ha detto così. Ha detto: "Si sta svegliando".

«Nanni, senti, io devo andare da Miriam».

«Tu non vai da nessuna parte».

«Si sta svegliando!».

«Zitto!».

Si avventa sul baule, lo apre e infila un braccio dentro. Ne tira fuori qualcosa che non vedo, lo nasconde subito nel tabarro.

«Ma che vuoi fare?».

«Le togliamo il Male dal corpo».

«Ma a chi?».

Si solleva, mi afferra per le spalle e mi scuote con una violenza che non aveva mai usato, la vena sulla fronte che gli palpita come un cuore a forma di croce: «Dobbiamo esorcizzarla, subito!» quasi urla, gli occhi iniettati di sangue che sembra che possono esplodergli da un momento all'altro riempiendomi la faccia di schizzi neri.

È così immerso in una specie di delirio che non sente tua madre: che è lì, sulla soglia. E ci guarda con l'aria di chi potrebbe fare di tutto, la voce è un rigurgito di disgusto e odio puro, piena di un'energia che finora non aveva mai mostrato: «Chi cazzo vuoi esorcizzare? Sei un povero pazzo. Solo un povero pazzo». Ha in faccia una specie di gioia feroce così intensa che mi sento un dolore improvviso alle meningi: «Io prima o poi ti faccio fuori. Te lo giuro su quel tuo dio di merda».

Poi fa per voltarsi e andare via, ma: «Sono stato io». Papa Nanni ha gli occhi sgranati, gli zigomi che sembrano pulsare, e la voce calmissima, così calma che sembra provenire da un altro posto, da un altro mondo.

«Eh?». Tua madre la vuole scacciare via, quella voce, come se fosse una mosca fastidiosa.

«Io» ripete papa Nanni. «Miriam».

Non so perché ma ho l'istinto di guardare le mani di tua madre. Le dita le si muovono come se fossero elettriche. Apre la bocca, emette un suono, qualcosa tipo: «Tu...».

«È venuta qui, quella notte. Ed era così identica, così identica a tua sorella...».

Una fitta nel cervello, negli occhi.

Mi reggo non so a cosa per non perdere l'equilibrio – ma l'equilibrio lo perdo lo stesso, cazzo, l'equilibrio di dentro, cazzo: «Ma che stai dicendo...» mi esce fuori, che quasi piango.

E lui, gli occhi sgranati, gli zigomi che salgono e scendono in quel modo impercettibile, sembra un cane che tra poco ringhia e morde qualsiasi cosa c'ha davanti.

Guarda tua madre, non me, come se le pupille di lei fossero una calamita, e le pupille di lui sembrano proprio una cosa di metallo ferma e vuota: «Pensavo fosse morta, quando l'ho investita».

Cerco il volto di tua madre, il suo sguardo. Ma lei è come se non fosse qui, è come se si scioglie, qui, davanti a me, la faccia è una smorfia di orrore senza più niente di umano, sembra plastica infuocata – mentre urla, urla e non smette di sciogliersi. E pure io, dentro, divento liquido, orribile, ogni pensiero immerso in una brodaglia primordiale, e annego, annego.

Quello che succede dopo è una di quelle cose che ti viene da pensare che era meglio se non nascevi proprio, così almeno non dovevi vederle, quelle cose.

Io non avrei mai immaginato che un coltello così piccolo potesse fare un taglio tanto grosso. Non avrei mai immaginato che il sangue può fare così, che sembra una fontana, che schizza verso l'alto in un modo quasi ritmico, che non finisce mai.

Io non avrei immaginato nemmeno che la prima cosa che mi viene da dire dopo non è una roba tipo un urlo, no, è una roba a bassa voce, calma: «Perché?».

Lei sbatte, come le tarantate, stesa per terra, il coltellino che spunta dalla gola come una specie di gioiello strano.

Lui ha la faccia e la barba sporche come se gli è esplosa una bolla piena di sangue. Respira come se tra un momento sviene. Si muove lento verso di me. Un nero negli occhi che niente è così nero nel mondo. Lo sguardo di una divinità antica, venuta fuori dalle viscere della storia, della terra, della vita e della morte: lo sguardo che mi prende per la gola, stringe fortissimo, e sento che non sarò mai più in grado di respirare.

Allunga una mano verso di me.

Non mi tocca. Con la mano raggiunge il letto. Sento il tintinnare del tamburello.

Sento come se qualcosa di gelido si siede accanto a me.

«Capirai, dopo». La voce è un sibilo allo stesso tempo stridulo e gutturale, affannato, gracchiante, inumano, un'interferenza.

Qualcosa che tintinna mi si spacca sulla testa con una forza che è come una macchina che mi investe, mi sfonda l'orecchio sinistro, mi accende di rosso gli occhi che me li sento che mi scoppiano troppo pieni di sangue, fino a quando non è nero.

Tutto. Nero.

Io non avrei mai immaginato.

Perché?

«Ci sono sempre delle luci che tremano, quando passo lì davanti. Ombre. Persone. È vero che fanno gli esorcismi?».

«L'unica cosa vera, l'unica cosa che ti deve interessare, è che questo è un argomento che, porca puttana, quante volte te lo devo dire?, non bisogna toccarlo, questo cazzo di argomento».

«È il fratello di papà, e tu hai detto che ha fatto delle cose orribili...».

«Appunto! Che cazzo vuoi averci a che fare?».

«Io... non lo so, è come se... è come se è più forte di me».

«Ma che cazzo dici. Stai zitta, lasciami in pace, e smettila di pensare a questa cosa. Davanti a quel posto non devi passarci mai più».

«Ma...».

«Giura».

«No, non voglio».

«Cretina, cazzo. Tu mi vuoi far morire, vero?».

Andrea non ha mai richiamato.

E la sofferenza: imprevista, inaspettata, che non vuoi ammettere, la soffochi in un mutismo totale, in giornate che fai trascorrere catatoniche e identiche, tra la scuola e il letto. Le notti passate tempestando di pugni il cuscino, abbandonata a un automatismo: come se il tuo corpo ti costringesse a fare qualcosa di fisico, violento.

«Volevo dirti che io... ancora, insomma... io ancora non riesco a smettere di pensare a quella notte. Per me è come un capitolo 1, quella notte. Non so se mi spiego. Nel senso, se eravamo in un libro, io e te, per esempio...».

Una persona normale. Ecco chi era, quel tamburellista che parlava in modo impacciato.

Ecco cosa ti manca.

Ecco cosa non hai.

Cinque giorni dopo quella sera del Baby Lone decidi di lasciar uscire almeno una piccola parte del veleno che hai in corpo.

Non me ne frega niente
Ma sappi che mi fai schifo
Vaffanculo

«Sì. E mi odio per questo. Mi odio molto più di quanto potrai mai farlo tu. E non è facile vivere se sei uno che ti odi da solo in questo modo. Ma se sono sparito è stato per...».

Dopo pochi minuti («Pezzo di merda» sussurri) la sua risposta ti fa perdere un battito («Cretina» ti dici tra i denti).

Non è colpa mia
Non posso sentirti o vederti
Non posso spiegarti

Ma che cazzo dici

Una persona mi ha minacciato

Sei un coglione. Addio

Dico davvero
È un tuo parente

Sì, la puttana di tua madre

Riesce a controllarmi

Ok, bravo
Comunque vinci il primo premio per la peggiore scusa
Bye bye pezzo di merda

«Miriam, adesso sono qui».

Non lo sai ancora, ma quel dolore ha una conformazione tutta nuova: qualcosa di diverso, e insopportabile.

Dovresti andare ad Alezio. Ha detto che abita nel palazzo di fronte alla libreria. Dovresti andare lì. Cercare quel suo nome idiota sul citofono e attaccarti al campanello. Suonare senza sosta fino a costringere quel ciccione a uscire, venire in strada davanti a te, obbligarlo a guardarti in faccia mentre ti dice che non gli piaci, che erano tutte stronzate, che gli è bastato scoparti, dirtelo in faccia, senza scuse.

Ma non fai niente del genere. Ci pensi, da giorni. Ma non lo fai. Qualcosa dentro di te ti rende sicurissima che tra i nomi di quel palazzo non troveresti quel nome.

Sei certa che Andrea non si chiama neanche Andrea.

È stato tutto finto.

Tutto quello che vi siete detti quella sera: tutto finto.

Forse te lo sei addirittura immaginata tu, un Andrea.

Te lo sei dovuto creare da sola, un tizio normale, un tizio con gli occhi buoni e le parole semplici.

L'hai inventato tu, Andrea: e ora, come tutte le cose inventate, anche questa non può fare altro che appassire, morire, farsi fantasma. E poi, come sempre: non tornare mai.

«Perché tu non parli ma io riesco ad ascoltarti. Perché tu hai gli occhi chiusi, ma io li vedo, gli occhi. Ecco perché sto qui».

Il settimo giorno di ritardo.

Il tuo primo vero ritardo.

Rubrica.

ANDREA O ANDREA.

Chiama.

La informiamo che il numero digitato è inesistente.

Per la centesima volta.

Il cellulare lanciato con rabbia sul cuscino nero di lacrime.

Settimo giorno. Il tuo primo vero ritardo.

Ti convinci di una cosa probabilmente del tutto irreale: davanti a un "Ho paura di essere incinta, aiutatemi, vi prego" il silenzio totale tra te e i tuoi genitori si sarebbe finalmente interrotto. Pensi che forse quella tua angoscia è l'incantesimo in grado di sciogliere il maleficio che accerchia la casa.

Ti trascini lungo il corridoio, barcolli. La paura e l'angoscia ti spaccano il cervello peggio di ogni droga. Ma tu non sei fatta solo di paura e angoscia. In corpo hai un paio di strisce della coca di un tizio del Baby Lone. Uno di quelli che arrivavano a offrirti la coca nella speranza di ottenere almeno una sega in bagno. Pensi, mentre barcolli, che era come se ti pagassero. Con quelle strisce regalate ti trattavano come una puttana. Un po' come tutti quelli che fino ad allora ti avevano offerto da bere.

Andrea non ti aveva offerto da bere.

«Tu sei ancora viva, sei ancora qui».

Ti trascini lungo il corridoio, rischiando di far cadere per terra tutte quelle statuine che tua madre ha appoggiato su non sai quante file di mensole appese al muro. Le statuine della zia Miriam. Sbandando nel corridoio rischi di distruggere tutti quei piccoli crocifissi di pietra, quegli esili rosari di ceramica dipinta, quelle mani giunte scolpite in pietra leccese. Ti fermi per riprendere un minimo di equilibrio. Guardi un punto fisso per concentrarti. Tra le statuine, quasi nascosta, c'è una foto che non avevi mai notato: di te, neonata, le guance gonfie, due occhi troppo grandi e troppo chiari. Quasi nascosta. La guardi. Ti guardi. Piangi.

«Ci sono io. Tieniti a me».

È la prima volta che sniffi.
Sei la bambina nella pineta, che gira intorno agli alberi, il cervello capovolto, un gioco inutile che ora è enorme.

Sul divano ti aspetti di trovare tuo padre intento a bere una bottiglia di vino, oppure tua madre con la sigaretta accesa e la cenere che le si sbriciola sul pigiama. Non ti aspetti certamente di trovarli *entrambi* seduti, l'uno accanto all'altra.

Cerchi di metterti in equilibrio su entrambi i piedi, accorgendoti di essere scalza. Fai di tutto per fermare gli occhi che sembrano andare per i fatti loro, le pupille due biglie pronte a rotolare fuori.

Tuo padre e tua madre seduti *insieme, vicini*, sul divano. La televisione accesa su un canale in bianco e nero dove fanno vedere un uomo che si lancia in acqua per prendere a mani nude quello che sembra un enorme pesce. Ma no (le pupille, biglie), non è un enorme pesce. È un bambino. Un bambino morto. Un corpicino, che galleggia, si intuiscono la maglietta sgualcita e la nuca. L'uomo lo tira fuori dall'acqua, con decine di persone attorno che guardano.

È tua madre e tuo padre lì, spettatori muti e immobili come quella gente in televisione. Le facce inebetite, illuminate da quel bianco e nero tragico, insano.

Seduti su un divano tristissimo di tristissima pelle verde, due persone normali.

Le pupille finalmente ferme. Così ferme che riesci a guardarti dentro. E capire che la colpa è sempre stata tua: i tuoi genitori si stavano finalmente liberando di te, stavano finalmente diventando persone normali.

La colpa è sempre stata tua, del tuo silenzio e della tua rabbia inutile: tua madre, tuo padre, la Gabry, Andrea. Sempre colpa tua.

Le pupille finalmente ferme. Guardarti dentro.

Sei sempre stata tu a rendere tutto instabile, malato, sbagliato. Sei tu che hai perso tutto e tutti. Sei tu che ti perdi.

La cocaina nel cervello. I piedi che non riescono a restare fermi a terra.

Da quanti anni stai già morendo?

«Sono qui».

E allora, mentre muori, fissi i piedi scalzi. Vai verso la porta.

Dico davvero
È un tuo parente

«Non riesco a non pensarci. Lo voglio conoscere. Ha fatto davvero alla zia Miriam quello che dice la mamma? Portami da lui. Andiamoci insieme. La notte, quando passo di fronte a quel posto, ho una sensazione che...».

Dico davvero
È un tuo parente

«Se ti dico che non ti devi interessare è così e basta. Va bonu? Basta. Lassame in pace».

Dico davvero
È un tuo parente

ANDREA

Come quando ancora non ti sei svegliato, ma nella testa fai cose che faresti se ti fossi svegliato. Una cosa così. Ma io mica sto dormendo. Lo so che io mica sto qui che dormo. Lo so che io sto qui con il sangue che esce dalla testa che mi si è aperta con un colpo di tamburello, e scivola, 'sto sangue, e me lo sento che formicola caldo sulle tempie, sulle sopracciglia, sugli zigomi. Ma è come quando ancora non ti sei svegliato. E nella testa fai cose che faresti se ti fossi svegliato. E nella testa sono in piedi, sono nella camera di papà Nanni, e attorno non c'è niente, c'è solo un'energia nebulosa, niente e nessuno, solo io e il sangue che scende lento, sbatto le palpebre e una goccia scura mi passa davanti a un occhio. E nella testa poi sono fuori, fuori dal santuario. Non piove, ma il cielo è quasi nero come quando piove molto. Non mi muovo, lo so. Ma nella testa è come se mi muovo. Nella testa è come se tutto, adesso, esiste.

Esiste tutto molto più di *prima*, molto più di quando *ci sono*: ora, che *non ci sono* – il sangue che scivola fino alle labbra – io *ci sono*, sento, vedo, tocco. Esiste la terra fangosa attorno ai piedi, il sentiero che tra gli ulivi porta dal santuario alla superstrada. Esiste la superstrada, deserta perché le macchine preferiscono passare dal paese, preferiscono imbottigliarsi e innervosirsi sul lungomare. Esiste l'asfalto devastato, grigio chiaro, quasi azzurro, tutto buche. E poi l'asfalto finisce, la superstrada finisce, e c'è il marciapiede. Il paese. Esiste. Non ci sono persone, non c'è nessuno. Ma esiste. Io non ci sono, ma ci sono, tra le palme piantate in ogni angolo, alberi fuori luogo e fuori tempo, le foglie che sbattono e sembra che tra poco si arrendono a 'sto scirocco-bufera, che dura sempre, da sempre, 'sto scirocco-bufera che mi attorciglia i capelli e mi bagna le mani e mi entra nelle ossa. Ossa che sento, che vanno, che corrono. Non ci sono.

Faccio cose nella testa, come se fossi in quel tipo di sonno dove fai le cose che faresti da sveglio. E se io fossi sveglio, ora, starei di fronte la casa mia, la casa bassa, fatta costruire da mio padre in un periodo in cui le case si potevano co-struire così, facilmente, la casa bassa, bianca, il tetto piatto, semplice, tutto semplice, la porta bianca semplice, la fine-stra semplice che affaccia sul salotto semplice, e io vedo, nel salotto della casa fatta costruire da mio padre, vedo mia madre, vedo il divano, mia madre e il divano che sono una roba che ormai è tutta una cosa unica. Mia madre grigia dello stesso grigiore dell'asfalto della superstrada. Le vedo gli occhi che sembrano atterriti ma che in realtà sono spen-ti, assorti per sempre in un'unica immagine, che è l'immagi-ne di mio padre morto lì, senza più la faccia, seduto su quel preciso punto del divano.

E io non ci sono, ma ci sono più di quando ci sono: e ragiono, penso, rifletto – entrare in casa?, dire a mia madre quello che sta succedendo?, afferrare la cornetta del telefo-no, chiamare la polizia? – e ragiono, penso, rifletto, e capi-sco che no, non c'è tempo, non c'è tempo, bisogna andare, correre, fermare il Male, il Male che è papa Nanni, ora, lui, il Male, e io, io cosa sono?, come posso pensare di fermarlo, il Male, io, uno che non riesce nemmeno ad aprire la porta di casa sua, uno che non riesce nemmeno a entrare in casa sua, guardare negli occhi sua madre, dirle che ha paura, che ha bisogno di lei, uno che non riesce a dire ad alta voce che non vuole più essere *così tanto* solo.

C'era stato un momento – lo so – un tempo in cui io c'ero, io ero nelle cose. Un tempo in cui mia madre disse: «Il mio cuore non ha retto. Ma il tuo deve reggere». E io allora c'ero, ero nelle cose, provavo a far reggere il mio cuore, provavo a dividere il mio cuore con quello ormai distrutto di mia madre. E poi è finito, si è sbriciolato, quel tempo. Sono finite, si sono sbriciolate, le cose. Tutto ha smesso di essere vero. Tutto ha smesso di essere giusto. E ho cominciato a vivere nel falso, nello sbagliato.

E adesso eccole, eccole tutte, le cose che avevano smesso di essere vere e giuste, ecco che tutto di nuovo esiste, mentre io non ci sono, mentre io corro, verso la tua casa, Miriam, la piazza che sembra enorme perché è vuota, che sembra muoversi tutta in questo scirocco-bufera, la piazza, la tua casa, e io corro verso il Male, Miriam, corro, con la testa, mentre il sangue sembra che non scivola più, sembra che non ce n'è più, sangue – mentre apro gli occhi, mentre esiste l'aria, esiste la puzza, esistono il dolore, la confusione, la paura.

Ed esistono le mie impronte, che nessuno le taglia: libere finalmente di andare, libere finalmente da ogni maledizione.

il giorno è il 30 dicembre, l'ora non la sai, la casa trema, la porta è spalancata, il vento è ovunque nel paese di merda, ti ha annodato i capelli nella strada percorsa fin qui, qui dove il vento non soffia, ma la luce delle candele trema, la casa sembra scuotersi, la porta è spalancata, gli ulivi attorno tremano e rilasciano odori mai sentiti prima, la porta è spalancata, fai un passo, ne fai un altro, la casa trema, tu tremi, un passo

entri, ed è un'esplosione, è come quando da bambina passavi dalla pineta alla spiaggia, un'esplosione non solo di luce che trema, è un'esplosione di ombre e forze, sei in una stanza che trema e brilla, che ha muri come d'oro, muri ricoperti di oggetti e luci che tremano, di ombre e forze, di croci incastonate di pietre e acquasantiere luminose incastrate tra i mattoni, di libri antichi allineati su mensole porpora e ceri massicci più alti di te, di enormi cartegloria ossidate e corporali macchiati appesi come stendardi, e immagini, immagini, immagini, volti, occhi, corpi, disegni, fotografie, dipinti, non hai abbastanza occhi per guardare, ovunque c'è qualcosa, ovunque è forza e ombra, ovunque è luce che trema, decine di candele che a te sembrano centinaia, e al centro della stanza un leggio, grezzo, palpitante sacralità, nero come intagliato da un ramo morto, un leggio che sostiene un libro aperto, un libro palpitante sacralità, un libro che –

c'è silenzio, c'è silenzio, c'è solo la luce che trema, non soffia il vento, non esistono i tuoi passi, mentre vai verso il leggio, verso il libro, verso il leggio, verso il libro, nella luce che trema, la casa che trema, ti fermi, guardi ancora attorno, immagini, immagini, immagini, volti, occhi, corpi, disegni, fotografie, dipinti, sai perché sei qui, sai che stavi crollando, collassando in te stessa, supernova spenta da sempre e per sempre, sai che sei uscita dalla porta della tua casa per cercare una morte, sai che però hai sovrapposto la morte alla pace, sai che hai capito che non è quel segmento che tu chiami *morte* il tratto di cui hai bisogno per chiudere il cerchio strano della tua vita strana, sai che sei qui perché non dovevi sapere, perché non dovevi rompere i coglioni, perché a causa di questo luogo tua madre stava per strangolare tuo padre, perché qui c'è il tuo sangue

non ti importa però del sangue, ti importa del tratto, ti importa della chiusura, ti importa del cerchio, e sei di fronte al libro, aperto verso di te, pagine scritte a mano con una calligrafia bella e chiara, un inchiostro corallino, allunghi un dito, sfiori una pagina, la carta è ruvida e soffice come le mani dei vecchi, ti guardi attorno, tutto trema, tutto è silenzio, volti una pagina, osservi ancora l'inchiostro corallino che fitto insanguina la pelle di vecchio, volti un'altra pagina, quella a sinistra è vuota, è rugosa e vuota, e allora volti ancora, e c'è qualcosa di diverso, ora, tra le pagine, non più soltanto parole, non più rosso, ma due foto, una appiccicata sulla pagina a sinistra, grande, un'altra appiccicata sulla pagina a destra, più piccola, al centro, distesa tra le pagine una scritta, stavolta nera, due foto, una è appiccicata sulla pagina a sinistra, è la foto che hai visto una volta soltanto ma che riconosceresti tra milioni, è la foto di tua zia Miriam, la foto della lapide, la testa rasata, lo spazio tra i denti, gli occhi identici ai tuoi, allagati di una devastata densità azzurra, l'altra foto è appiccicata sulla pagina a destra, una foto che hai visto poco fa, su una mensola di casa tua, una bambina neonata, due guance gonfie, due occhi troppo grandi e troppo chiari, un viso rosa chiaro, due labbra lucide che quasi sorridono, e c'è anche una scritta, tra le due pagine, la casa trema, la stanza trema, c'è una scritta, tu tremi, non leggi, non riesci, non si legge, la casa, la stanza, la luce, le candele, tutto trema, tu tremi, ti guardi attorno, c'è silenzio, c'è tremore, alla tua destra, nell'eccesso di oggetti, un tabernacolo ramato, gli intarsi violacei, una candela, la afferri, pensi poco, pensi a niente, pensi a vedere, pensi alla scritta, pensi ad avvicinare la candela alla pagina, pensi alla scritta, la leggi

CHI COMMETTE IL PECCATO VIENE DAL DIAVOLO,
PERCHÉ DA PRINCIPIO IL DIAVOLO È PECCATORE.
FU PERÒ EVA A INDURRE ADAMO AL PECCATO.
E DIO DISSE:
«SIA MALEDETTA LA DONNA CHE SEDUCE L'UOMO SANTO».
DIO DISSE: «SIA MALEDETTA LEI E LA SUA STIRPE TUTTA».

e la mano trema, la candela trema, le croci, immagini, immagini, immagini, volti, occhi, corpi, disegni, fotografie, dipinti, le cartegloria, i corporali, le pagine, le foto, l'azzurro, trema, la luce, la stanza, la casa, trema, tu tremi, pensi, veloce, esondano i pensieri lungo il bordo degli occhi secchi, tremi, pensi, i pensieri ti mangiano la spina dorsale, la luce, il silenzio, la voce

«Miriam...».

e la mano trema, la candela, trema e cade, la luce trema e
cade, la senti perdere il contatto con le tue dita, la luce, trema
e cade, esplode in una luce enorme, le pagine, la pelle di vecchio, una luce che non trema, non è luce, è fuoco, non pensi,
è fuoco, non pensi, le croci, le cartegloria, i corporali, le immagini, i disegni, le fotografie, i dipinti, non esistono, la casa
non esiste, la stanza non esiste, la spina dorsale non esiste,
esisti tu, esiste la voce, esiste il respiro, esistono i tuoi occhi
che non vedono, esiste il buio improvviso, esiste il fuoco, le
pagine, esiste il buio, esiste la voce, esiste il respiro

«Sei tu...».

esiste una mano che ti afferra, dita che ti stritolano i gomiti, un alito di vino, uno strusciare peloso sul tuo collo, esiste uno stringerti fortissimo, uno spingerti verso terra, esisti
tu che provi a urlare, esiste una mano che ti copre la bocca
chiudendola in un pugno che puzza di affumicatura, esiste
un rumore di cintura che si sfibbia, il peso di un petto sul tuo
petto, capelli tra i tuoi capelli, esiste una mano che ti solleva la maglietta fino all'ombelico, esiste qualcosa di umido e
caldo e duro che ti striscia sul ventre, esiste una voce roca e
anziana

«Sei proprio tu, sei proprio tu...».

esiste il buio, esiste la disperazione, ed esistono i tuoi piedi, che scalciano, colpiscono, scalciano, colpiscono, scalciano, colpiscono, e che poi vanno, i tuoi piedi, e le tue gambe, che esistono come mai prima d'ora, e corrono, fuori, l'aria di una stagione che non esiste, l'asfalto, il fango e il nevischio, la terra nera, il vento, i rami, gli ulivi, il fango, i tuoi passi, il rumore del vento, la spina dorsale, il correre, il guardrail, il salto, l'inciampo, il rimetterti in piedi, il correre, la strada, il buio, il correre, la strada che non finisce, non finisce mai, le luci del paese, troppo lontane, troppo lontane, e corri, e corri, ma non è abbastanza, troppo lontane, le luci, troppo lontana, tu,

e il vento, e un rumore di macchina, un motore rumorosissimo, che si avvicina, che si fa sempre più forte, una luce, che non trema, una luce che si fa grande, alle tue spalle, corri, non è abbastanza, troppo lontana, non è abbastanza, una luce che non trema, rumore, luce enorme, che non trema, motore, ti fermi, ti volti, devi buttarti oltre il guardrail, devi, la luce che non trema, devi, oltre il guardrail, devi, devi, ma invece no, il motore, la luce che non trema, è qui, due fari, due occhi, neri, neri più del nero, due fari, due occhi, devi, oltre il guardrail, ma invece no, ti fermi, esisti tu, per un attimo ancora, esisti tu, esistono due fari, esistono due occhi neri più del nero, esiste la strada, esiste il rumore, il motore, e poi

"Capirai dopo". Due parole che è come se fossero state urlate nella mia testa con una forza così assurda che mi sembra che riecheggeranno per sempre, per sempre, qua dentro, "capirai dopo", "capirai dopo".

Mi fanno male tante, troppe, parti del corpo. Forse gli occhi sono la cosa che mi fa male di più. Non lo so, non capisco. È come se esistono solo ora, adesso. Gli occhi, che mi fanno male. Vedo male. Respiro, li tengo chiusi per qualche secondo. Però poi li riapro, subito, perché non devo di nuovo sparire, svenire, dormire, quel cazzo che è.

Mi appoggio su un gomito. È come se non c'ho il cervello. Dentro gli occhi e la testa mi esplodono immagini, parole. Respiro. C'è puzza di piscio, merda e benzina. Ho un conato di vomito. Lascio andare tutto violentemente sul pavimento. E soltanto così, dopo, sto un po' meglio.

Riesco a guardare, riesco a pensare.

Metto una mano in tasca, cerco il cellulare.

Non c'è.

L'avevo con me, prima, ne sono certo, non esco mai senza.

Ora non c'è. Come non c'è e non c'è mai stato un telefono nel santuario, strumento non di Dio, l'Unico che può connettere e intrecciare chi parla e chi ascolta.

Un tamburello, sporco di sangue, ammaccato.

La mia faccia che me la tocco e mi fa male ed è ruvida e bagnata e guardo la mano e c'è sangue, cazzo, un casino di sangue.

Due gambe stese, di una persona stesa, che però dalle ginocchia in su è coperta da un corporale liturgico viola. La faccia non si vede. Si vede soltanto una macchia, rossa quasi nera, enorme, che sembra che ancora si sparge.

Mi ritrovo a ripetere "cazzo", dieci, cento volte. Mi ritrovo.

Una luce scura che avvolge tutta la stanza, tutto il santuario, tutto lo spazio, tutto il tempo.

Esiste tutto il peso della Terra.

Esiste un uragano con il tuo nome.

E io. Che mi metto in piedi, che è come se galleggio, che è come se non vedo quello che vedo, che è come se non vivo quello che vivo. Ma ci sono. Scivolo sul sangue di tua madre, esco dalla stanza ed è insieme un fuggire da me e un venire verso di te. Ci sono. Sento lo stomaco che geme, il palpitare della ferita nella testa, una sensazione di bruciore nell'esofago. Ci sono, urlo il nome di papa Nanni, esco fuori dal santuario, mi guardo attorno. Non vivo quello che vivo, non vedo quello che vedo: ma ci sono. E arrivo, Miriam.

Gabry

Ciao.

C'è una cosa bella. A quanto pare ho più o meno risolto la cosa degli sbirri. E allora scendo. Domani, prendo il treno, sette ore e mezza di viaggio. E lo so che adesso allora non ha senso mettersi a registrare di nuovo 'sta cosa strana, da sola, davanti al computer. Però mi sto sentendo contentissima, frenetica. E dato che ora che vengo lì sarai tipo addormentata, e quindi magari non mi puoi ascoltare, insomma, ho pensato che è meglio che parlo ancora una volta così, registrando. Non lo so, è una cosa stupida, non so spiegarmi bene, forse non c'ha senso. Ma lasciamo perdere. La cosa importante è che ora ti vengo a prendere.

Sai cosa sarebbe bello? Che arrivo, ti svegli e andiamo al mare. Pure che a te il mare non ti piace, pure che ti vergogni a fare vedere la pancia, anche se pancia te non ne hai, ma dicevi sempre che hai la pancia, e io ti dicevo di metterti un costume intero, e tu dicevi che il costume intero è da vecchie, da suore, e allora ti dicevo di farmi vedere, di farmela vedere questa pancia che secondo te è inguardabile, e tu ti sollevavi la maglietta, avevi la faccia schifata, e io allora all'improvviso spingevo le labbra sul tuo ombelico, e facevo una pernacchia, e tu scoppiavi a ridere, e allora io tiravo fuori un pochino di lingua e ti leccavo un attimo l'ombelico, e tu dicevi: «No, dai», e non ridevi più, e ti riabbassavi la maglietta, e del mare non parlavamo più.

Che io, se ci penso, solamente in quei momenti lì stavo bene. Pure che ti facevi seria, e ti giravi verso lo stereo mio, e mettevi *The funeral of hearts* a tutto volume, che al secondo ritornello la stavamo cantando a squarciagola ed entrava mia madre nella stanza e ci diceva che eravamo due pazze e di abbassare subito, e tutto era come se doveva restare sempre così, sempre così, sempre così, e andava bene, stavo bene, sempre così.

Sto un po' ubriaca, scusa. Dormo poco, dormo male. Da quando c'è questa cosa tua del coma, dico. Poi sto con una fissazione strana, le scommesse di calcio. Non so perché, questa fissazione, da un po' di tempo. Vabbe', ma mò non c'entra, questa cosa delle scommesse. Il fatto è che la notte mi stendo, penso alle scommesse e guardo il soffitto, che però non mi sembra proprio un soffitto, mi sembra una specie di nero acquoso, non un liquido, un nero acquoso, e allora io cerco di non guardarlo questo nero acquoso, che sembra il fiume del divenire di Eraclito, quello che avevamo studiato benissimo per la prima interrogazione di filosofia col professore prete, sì, proprio il fiume di Eraclito, sembra, questo nero acquoso del soffitto. E allora io cerco di starmene così, a non pensare a niente, a non guardare il nero acquoso, e ad aspettare che in qualche modo prendo sonno, eh, ma mica è facile starmene qui e non pensare e non fare niente, voglio dire, pure dormire è diventata una cosa difficile.

Sto con questa fissazione strana, le scommesse di calcio, ti stavo dicendo. Ho chiesto all'amico mio Michele di giocarmi una scommessa, che i soldi glieli porto domattina, e gli ho chiesto pure di mandarmi un messaggio con il risultato dell'anticipo della serie A, anche se lo so che non lo beccherò mai l'X2 dell'Inter, che quelli vincono sempre, l'Inter – che poi stavo pensando proprio a Ibrahimović, il calciatore, assomiglia a Gerardo, te lo ricordi? Quello della V C. Ma veramente, sono proprio uguali, specialmente il naso. Che poi chissà che fine ha fatto, quello spacciava pure gli antidepressivi. Magari è venuto a studiare qua a Bologna. Magari adesso, se sapevo che fine ha fatto, Gerardo, lo chiamavo e mi facevo portare un po' di pillole, così poi dormivo, nel senso che morivo, dormivo per sempre.

Scusa, sto un po' ubriaca. Comunque l'amico mio Michele non me l'ha ancora mandato, il messaggio, e sono le due, voglio dire, la partita sarà finita da un bel po'. E lo so, lo so, potrei alzarmi e infilare le ciabatte, andare in cucina, non connettermi a internet e quindi non andare sul MySpace tuo, accendere invece la televisione, bere un bicchier d'acqua, controllare i risultati delle partite sul Televideo. Ma poi non ci riuscirei a tornare a letto, e mi metterei a bere birra, che io lo so che comprare quella cassa di Nastro Azzurro è stata una cosa sbagliata proprio, che non c'avrò pace fino a quando non la finisco, quella cassa di Nastro Azzurro.

Ma comunque. Mò devo dormire, non posso alzarmi dal letto, che lo so che poi finisce che a letto non ci ritorno più, e poi non dormo nemmeno stanotte, e quindi resto qui, che tanto ormai ho capito che Michele il messaggio me lo manda domattina. Ma mò è meglio se lo spengo proprio, il cellulare. Che metti che prendo sonno e poi lui mi manda il messaggio proprio appena ho preso sonno, poi io mi sveglio e non dormo più. Ma io devo dormire, c'ho bisogno di dormire, che sono stanca, che dormire senza pensare a te è proprio difficile, è proprio una cosa che stanca. Lo so, lo so bene che se tu ti svegli io dormirei e starei bene, ma tu sei lì, tipo in coma, tu, che non ci sei, e la tua assenza è una cosa che mi sfianca. Me ne sono resa conto troppo tardi, ma il fatto è che mi stanco se penso sempre a te che non ci sei, mi stanco se penso a qualcuno che non sei tu.

Io non dovrei pensare a niente, dovrei dormire, domattina devo prendere il treno, sette ore e mezza di viaggio, e non dormo, e sono stanca, sono stanca.

E allora mi viene in mente Gerardo. Chi mi ha parlato di lui? Suo fratello, forse. O suo cugino. Che fumavamo, nascosti sulle scalette di via Chiaiese. E il fratello o il cugino di Gerardo diceva che Gerardo stava all'ospedale. Che era grave.

E poi, era tipo due giorni dopo, a scuola c'era il minuto di silenzio. Siamo pure andate al funerale, di Gerardo.

Ti ricordi?

E mò niente, guardo il soffitto, il nero d'Eraclito, e penso a Gerardo, che è morto, e guardo il nero d'Eraclito, e mi dico che ecco, era tutto così facile, bastava lanciarsi nel nero d'Eraclito, bastava morire, come Gerardo, che si è lanciato dal balcone, una notte, sì, era tutto così facile, nel nero d'Eraclito, dal balcone.

No, basta con questi discorsi. Mica ti fanno bene, questi discorsi. No. Scusa, colpa delle Peroni. È che sono stanca. Mò mi alzo, non mi metto le ciabatte, vado in cucina, bevo un bicchier d'acqua, non accendo la televisione, non cerco i risultati sul Televideo, ma soprattutto non vado sul

MySpace tuo. Sono stanca, prendo una Nastro Azzurro, la verso in un bicchiere, non la bevo dalla bottiglia, la verso in un bicchiere, che una volta ti sei tinta i capelli in un modo orribile e dicevamo che erano dello stesso colore della Nastro Azzurro. La bevo in due sorsi, tutta, in due sorsi, ecco qua, Gerardo, tu, Eraclito, tu, Ibrahimović, tu, l'amico mio Michele, tu, tutti insieme, nella testa, tipo una sfilata, nella testa, una sfilata nella testa, nella testa, sono stanca, domattina vengo, prendo il treno, andiamo al mare, amore mio. Buonanotte.

C'è puzza di macelleria, di gas e di Capodanno. Candele. Candele, tantissime. Rosse, di ogni misura. Ovunque, nella casa. A terra, sui mobili, sulle mensole. Accese, tutte. Sembra tutta una cosa tremolante, la casa.

E c'è solo un enorme, pesantissimo non capire, nel mio cervello, un'immensa luce nera.

I miei passi appiccicosi di fango, di terra, del sangue di tua madre.

Uno specchio rotondo, che prima era attaccato al muro, ora è rotto, mille pezzi per terra. Una scheggia soltanto è rimasta attaccata al bordo di ottone.

Guardo mio padre negli occhi.

Lui capisce e conosce la mia paura, il mio vuoto. Sorride.

Lo stacco dalla cornice. Lo stringo nel pugno.

Mi avvicino al divano. Tuo padre è lì seduto. Sento i suoi occhi – vitrei, cazzo, vitrei – trafiggermi. Apro la bocca – soltanto adesso mi rendo conto che da non so quanto tempo mi stringevo l'interno della guancia tra i molari – e provo a dire il suo nome. Non mi esce niente. Ho l'istinto di toccarlo, muoverlo. Avvicino una mano al suo collo enorme che sembra un quadro di quelli che non si capisce niente, sembra tutto esploso in una macchia rossa. Il coltello sta ancora lì, conficcato fino al manico, tra il mento e il colletto della camicia a righe. Ha le labbra storte, le sopracciglia inarcate. Quando sto per toccarlo mi fermo: sento un rumore, non capisco di che tipo, ma viene dalla tua camera. Il respiro mi esce dal naso con un rumore mai sentito prima. L'odore di gas mi invade le narici.

«Miriam!».

Qui non ci sono candele. Solo la luce gialla dei lampioni che entra dalla finestra. Le coperte scostate, il catetere della vescica strappato via, così come quello che avevi attaccato al polso. C'è sangue che macchia il letto, sangue che esce dal polso, sangue tra le tue gambe. I due monitor accanto al letto sono spenti, i fili tagliati di netto.

«Miriam, rispondimi, Miriam!».

Ti tocco il viso, mi sembri fredda, ritraggo subito le mani. Il pezzo di specchio. Te lo avvicino alle labbra. Non si appanna.

«Non respira, non mi risponde, cazzo, non respira. Cazzo!». E lo ripeto cinque, dieci, mille volte, non so a chi, mentre provo a guardarti ma ho gli occhi pieni di lacrime e mi sembra che galleggia tutto. E prendo un respiro profondissimo, è come se il gas mi scorre dentro – ma non me ne frega niente, di 'sto gas, da dov'è che arriva, non me ne frega niente: lascio andare un urlo, un urlo come non ho urlato mai in vita mia, un urlo che è 'n abbandono, che mi sento la gola che si squarta e va in fiamme, e intanto afferro la testiera del tuo letto, e la stringo, la stringo, e la scuoto, la sbatto, e urlo.

Poi il respiro mi finisce, e l'urlo finisce, e gli occhi ce li ho asciutti, e tu sulle guance c'hai due lacrime mie. Ma non respiri. Sembri una statua di quelle greche. Sembri una creatura, non un essere umano. Sembra che stai sparendo.

Le mani fredde, le guance fredde, il saturimetro al dito che sembra 'na specie di anello strano, te lo sfilo, lo lancio via urlando.

Abbandono la testa sul tuo petto.

Non si sente niente.

Non sento niente.

Ti sfilo il sondino dal naso. Voglio guardarti il volto per quello che è, senza nulla addosso. Voglio respirarti addosso, voglio che magari ti prendi un po' di respiro mio e lo usi tu.

Ti sfioro le labbra con un dito. Sono screpolate e morbide. Non so farla, la respirazione bocca a bocca. Non so se serve a un cazzo, mò, la respirazione bocca a bocca. Ma tanto non la so fare, 'sta cazzo di respirazione bocca a bocca. Non so fare un cazzo, io, Miriam. Non sono riuscito a fare in modo che l'uragano passasse senza devastare niente. Si è devastato tutto, si è rotto tutto. Tutto. L'unica cosa che mi sembra rimasta intatta sono queste labbra che c'hai.

Queste labbra che ci appoggio sopra le mie.

E respiro.

E respiri.

Respiro.

«Miriam...».

Respiri.

Gli occhi spalancati, pieni – di paura: ma pieni – di vita. Uguali ai miei: mentre capisco. Mentre tutto nella testa si fa uno scorrere velocissimo, che però riesco a starci dietro, come se lo sto guidando io, questo scorrere velocissimo.

Lo sto guidando io, sì: questo scorrere di pezzi, ora, nella mia testa.

Il tuo respiro. I tuoi occhi spalancati.

Il gas che ormai nell'aria sembra esserci solo quello.

La gola aperta di tuo padre. Il coltello ancora dentro.

Le scarpe appiccicose del sangue di tua madre.

Papa Nanni.

Stacco gli occhi da te, ma ti tengo le mani sulle guance fredde. Mi guardo attorno, come se non l'avessi visto mai, questo posto. «Dove sei?» dico piano.

Velocissimo, lo scorrere dei pezzi, nella mia testa.

Con la gola in fiamme tento un altro urlo: «Dove cazzo sei?».

Stacco le mani dal tuo viso. «Arrivo» sussurro. *La cucina*, mi dico. *È lì. È lì.* Faccio un passo verso la porta, ma all'improvviso mi devo bloccare: è come se qualcosa tremasse, come se qualcosa strisciasse, ai miei piedi, e guardo in basso, e lentamente sbuca fuori, prima le mani, rosse che sembra se le sia lavate nel sangue, poi la testa, che la solleva, mi guarda, gli occhi rossi di capillari scoppiati, la faccia rossa di schizzi, pezzi rossi grumosi tra la barba impiastricciata.

Un affanno che è quasi un rantolo: il suo e il mio.

Mi sorride.

Lo fisso e mi rendo conto che rischio di pisciarmi addosso.

Con una spinta striscia fuori ancora un po', sembra un verme che fa di tutto per uscire da una ferita nera e orrenda.

Non riesco a tenere gli occhi fermi, vanno da lui a te, dal suo corpo ansimante al tuo petto che prova a respirare gracchiando.

Riesco a dire solo: «Fermo. Stai fermo». La voce come se venti mani mi stessero strangolando.

Mi guarda, sorride, non si ferma: i gomiti che strisciano sul pavimento, e il sorriso si allarga sempre di più, e diventa un suono, diventa un rumore roco e tremendo, diventa una risata. E non si ferma. È quasi fuori, tra un attimo sarà in piedi – e tu intanto tremi, la bocca ti si apre alla ricerca di aria, gli occhi spalancati in uno sforzo enorme.

E poi una voce, nell'oscurità della tua camera, una voce che è femminile, che per un secondo penso che sei tu.

«Ma cosa cazzo...».

Ferma sulla porta della camera, gli occhi che non sanno dove guardare, la faccia che sembra in preda a una serie di tic nervosi. In una mano stringe un trolley. I vestiti larghi, i capelli arruffati e lunghissimi.

Non so chi sia, ma nello sguardo ha un terrore e una paura che mi sembra di guardarmi allo specchio.

Non so chi sia. Ma butto fuori una parola, una sola, debolissima, mentre indico il letto: «Aiuto...».

Poi quello che succede è velocissimo e lentissimo, e io vedo soltanto la faccia di lei che mò non ha più i tic nervosi, è la faccia di una che ha capito. Gli occhi sgranati fissano lui, ora. La vedo che fa una faccia come se sta stringendo i denti. Mi sembra pericolosa. Sto per avere paura di lei, ma non ne ho il tempo. Sento un ansimare fortissimo ai miei piedi.

È di nuovo come se sto dormendo ma intanto sto sognando che sono sveglio, gli occhi vedono tutto come se è granuloso, come se è coperto da 'na specie di patina, tutto vero, tutto impossibile, e come cazzo è possibile che una cosa impossibile è pure una cosa vera?, come cazzo è possibile che succede quello che succede, mò, qui, davanti a me, gli occhi granulosi?, come cazzo è possibile che quello che vedo è troppo veloce, troppo veloce rispetto a quello che un cervello come il mio può capire?, in questa luce gialla dei lampioni della piazza, in questa puzza di gas, di macelleria, di schifo, Miriam, è come se sto sognando, ma sono sveglio, e tu sei sveglia, e tutto è troppo veloce e impossibile e vero, così vero che mi viene da urlare, ma non urlo, non ho fiato, respiro solo gas, respiro solo schifo, e non urlo, e guardo lui, granuloso, e guardo lei, granulosa, e vorrei non so cosa, non so cosa vorrei, che chiudo gli occhi e non ci siamo, ma invece chiudo gli occhi un attimo, e ci siamo, ed è impossibile, ed è vero.

Lui è ormai uscito da sotto il letto, è quasi in piedi, e non ride più, ed è tutto velocissimo e lentissimo, e io vedo soltanto lei che impugna il trolley come se lo dovesse lanciare via lontanissimo, la faccia di una che ha capito, di una che ha deciso.

La faccia di una che è pericolosa, e non le frega un cazzo di niente, ed è come se tra i denti sta stritolando qualcosa.

Urla lei.

Urla lui.

La testa gli fa un rumore che non me l'aspettavo, sembra il rumore di un fuoco che scoppia.

Chiudo gli occhi. Li riapro. Papa Nanni ha la testa girata come non dovrebbe, sembra una palla di stoffa sporca tutta sfaldata.

Forse grido.

Non lo so.

So solo che io e lei ci guardiamo e non diciamo niente, per un attimo che passa velocissimo e lentissimo.

Poi guardiamo te.

«Miriam...» mormora, mentre si mette le mani tremanti sulla bocca, si guarda intorno, ed è come se tutto fosse troppo: cade in ginocchio. Si guarda intorno. È troppo. Ribalta gli occhi. Ha un conato di vomito.

Scopro, in un sudare di mani, che sfilare una flebo non è facile, e che è molto più veloce recidere i tubi, specialmente se si stringe tra le mani un pezzo di vetro acuminato. E che tu, sotto la camicia da notte, sei nuda, il petto coperto da sei elettrodi che, una volta staccati dal corpo con un suono strano e liquido, lasciano sulla pelle bianca delle macchie viola.

«Fermo! Fermo!» mi si avvicina e una puzza di alcol quasi mi stordisce.

«Dobbiamo portarla fuori, subito. Qui mò scoppia tutto».

«Come scoppia...?».

«Non lo senti il gas? Non le vedi tutte 'ste candele? L'ha aperto lui, il gas. Avrà tagliato i fili in cucina, ma non c'è tempo, mò, per controllare. E non c'è tempo per spegnere tutte 'ste cazzo di candele».

«Ma porca puttana, non puoi staccare tutto così, rischi di ammazzarla, dobbiamo chiamare l'ambulanza!». Mi prende per un braccio, stringe forte.

Mi divincolo, le afferro i polsi, piano. La guardo negli occhi, un terrore di cui non potrà mai più liberarsi. Sembra di nuovo che mi sto guardando allo specchio. Cerco una voce quanto più ragionevole possibile: «Non c'è tempo! Ti prego, ti prego, ascoltami. Esci da qui e chiama immediatamente qualcuno. Intanto io porto fuori lei. Ti prego. Devi correre, devi sbrigarti».

Scuote la testa, il labbro inferiore che si muove senza senso. «Io... ma... che cazzo...».

«Corri!».

Il tuo corpo leggero, Miriam, i tuoi occhi che tremano, la mia voce che trema e ti dice: «Ci sono io. Sono qui. Ci sono io. Sono qui. Ci sono io, sono qui» mentre corro, tenendoti in braccio come una sposa, corro fuori dalla stanza, e i tuoi occhi aperti non possono non vedere, e: «Ci sono io. Sono qui. Ci sono io. Sono qui. Ci sono io, sono qui» e provo a non colpire le candele, ma ne scalcio qualcuna, non so quante, e ho paura che mi prendono fuoco i pantaloni, e poi però finalmente la porta aperta, corro, l'aria fuori che senza il gas sembra buonissima, corro, la piazza deserta, te in braccio come una sposa, corro, «Ci sono io. Sono qui. Ci sono io. Sono qui. Ci sono io, sono qui» e siamo al centro della piazza, deserta, e mi fermo, non ce la faccio più, non ce la faccio più, mi fanno male troppe parti, troppe parti del corpo e troppe parti di dentro, mi fermo, non ce la faccio, mi guardo intorno, urlo, urlo così tanto e così forte che dalla gola mi sale un sapore di sangue, il tuo corpo leggero, i tuoi occhi che tremano.

Mi farai la treccia ogni mattina? Mi accarezzerai i capelli come se ogni giorno fosse l'ultimo?

«Ci sono io. Sono qui. Ci sono io. Sono qui. Ci sono io, sono qui».

Mi racconterai i tuoi dolori? Di tuo padre e di tua madre, dei tuoi pezzi sparsi, delle tue parti scomposte? Del tuo perdere tutto ciò che vivi, come sabbia secca e rovente tra le dita? Della tua mente che crea e distrugge, che vela e che svela, che compone e distorce?

«Ci sono io. Sono qui. Ci sono io. Sono qui. Ci sono io, sono qui».

Mi ascolterai quando parlerò della mia vita senza amore? Degli occhi di mio padre, sempre troppo neri? Delle mani venose di mia madre come quelle di certe statue di certe sante anoressiche? Di questo nostro sentirci come se non potessimo mai più toccare terra?

«Ci sono io. Sono qui. Ci sono io. Sono qui. Ci sono io, sono qui».

Mi guardo attorno, l'affanno riempie tutto. Tutto impossibile. Tutto vero. Niente, attorno. Solo silenzio. Anche il vento sembra non fare rumore. I luoghi dove ho camminato e vissuto, le strade corrose dal catrame umido, le vie gialle di lampioni che ci fanno sembrare tutti radioattivi, le case dove vivono e respirano e godono e soffrono tutte le persone che conosco: tutto è come se si è spento, come se qualcuno è arrivato e ha tagliato dei fili, come se qualcuno è arrivato e ha staccato le spine che tenevano attaccato questo luogo al mondo. Il tempo non c'è: sembra che sarà buio così per sempre, con le falene che sbattono contro l'alone giallastro che circonda la piazza. Lo spazio non c'è: sembra che sarà vuoto così per sempre, con noi fermi in mezzo a un niente, due superstiti a una roba troppo grande, troppo tragica, troppo più malata di come noi potremo essere mai. I luoghi dove ho camminato e vissuto, dove pure tu hai camminato e vissuto, adesso sono una cosa che è come una cornice inerte, messa lì per arginare lo scoppio indescrivibile della vita tua e della vita mia. Tutto impossibile. Tutto vero.

Sento qualcosa. Come se mi chiamasse. Viene dalla tua casa.
Una sagoma in piedi dietro una finestra.
Barcolla. È come se mi chiama.

Un tabarro. Una barba lunga.
Un'ombra.
Mi volto di scatto, dandole le spalle. Mi lascio andare a terra. Ti tengo stretta, mentre cado in ginocchio sul basolato umido.
Gli occhi ti si stanno per chiudere di nuovo. Resta solo un filo azzurro tra le palpebre.
Ti bacio la fronte, spingendo le labbra forte, come se volessi entrare dentro di te, aprirmi un varco nella tua pelle.

Sta succedendo.

«Ci sono io. Sono qui. Ci sono io. Sono qui. Ci sono io, sono qui».

Sta succedendo.

«Ci sono io. Sono qui. Ci sono io. Sono qui. Ci sono io, sono qui».

Ti prego, aiutami.

«Ci sono io. Sono qui. Ci sono io. Sono qui. Ci sono io, sono qui».

Sento che sta succedendo. Mentre stringo te tra le braccia e un pezzo di specchio nel pugno.
Scoppierà tutto.
Scoppierà e morirà tanto, tanto altro.
Pure che forse siamo abbastanza lontani dalla tua casa piena di gas, pure che forse i nostri corpi non verranno

lanciati via in mille pezzi, quei pezzi che ho provato a creare per tutta la vita e che mò invece voglio tenerli tutti insieme, i pezzi miei, per proteggere te, per racchiudere te.

Sento che sta succedendo.

Scoppierà.

Scoppierà la vita tua e scoppierà la vita mia.

Entrambe saranno una roba nera e accartocciata e fumante e cancerogena come certi ricordi che fai di tutto per mettere via ma che invece la notte tornano e ti mangiucchiano la spina dorsale.

O forse no.

Miriam, forse no.

Forse sarà tutto un comprare biglietti per l'America, sarà tutto un baciarsi sulla nuca, sarà tutto un andare ai concerti di gruppi tristi, sarà tutto un leggere poesie, sarà tutto uno stare normali nel mondo e nella vita come non lo siamo stati mai, sarà tutto una specie di salvezza. Forse.

Chiudo forte gli occhi.

Ti stringo una mano.

Col pollice ti scrivo sulle nocche *Ti amo*.

L'esplosione.

Mentre attorno a noi tutto si riempie di ombre, di mani
che ci toccano, di braccia che ci afferrano. Un corpo si
stringe attorno a noi, una voce che sa di infanzia e di estate,
un abbraccio fortissimo, un pianto che potrebbe non finire
mai.

Un silenzio immenso, l'udito perso.
Sembra essere l'ultima cosa del mondo, sembra essere un
uragano pesante come tutto il peso della Terra, sembra essere il buio più luminoso e impossibile che ci sia.

L'esplosione ci brucia le punte dei capelli.
Sembra durare per sempre.

Mi fa spalancare gli occhi.

RINGRAZIAMENTI

Grazie alle mie voci di dentro: Serena Cabibbo, Serena Daniele, Eugenia Dubini, Marianna Gennari, Cecilia Mastrogiovanni.

Grazie a Edoardo Caizzi, Alberto Ibba, Simona Livraghi, Alessandro Mazzina, Luca Pantarotto, Francesca Rodella, Giulia Tettamanti e a tutta la famiglia NNE.

Grazie a mia madre (quella vera) Piera, a mia sorella Margherita, a Fabio, a Perla.

Grazie ad Alessandro Solidoro, ierofante di ogni mia narrazione.

Grazie ad Arianna Miazzo, a Piergiorgio Nicolazzini e a tutto lo staff di PNLA.

Grazie (per aver letto o per aver detto, per aver ispirato o per aver aiutato, per aver sostenuto o per aver capito, per aver prodotto o per aver indotto, o semplicemente per motivi che non sto qui a spiegare) a: Simone Andrea Camilli, Roberto Camurri, Teresa Ciabatti, Beppe Cottafavi, Omar Di Monopoli, Giulia Di Pietro, Adele Errico, Alessio Fasano, Antonio Felline, Riccardo Frolloni, Graziano Gala, Alessandro Gazoia, Paolo Manieri, Andrea Martina, Camilla Mauro, Alfredo Palomba, Gianmarco Perale, i Serial Vice, Francesco Spiedo, Giorgia Tribuiani, Michele Vaccari, Marco Vetrugno, Alice Zanotti.

Grazie alle persone da cui è partito tutto: Caterina Serra (la gratitudine, quella vera, è qualcosa che non si esaurisce), Martino Baldi e il festival "L'anno che verrà" di Pistoia (la gratitudine, quella vera, a volte ha bisogno di tempo per prendere la giusta forma).

Grazie a tutte le persone che, mentre scrivo queste righe, sto dimenticando di ringraziare: per favore, non prendetevela troppo, dai.

Un particolare ringraziamento a Ferdinando Donaera, per essere venuto in sogno. E aver dettato.

INDICE

FINITO DI STAMPARE NEL MESE DI AGOSTO 2021
PRESSO CONSORZIO ARTIGIANO LVG (AZZATE)

Printed in Italy